AF396088

CONTES

ET

PROVERBES,

SUIVIS

D'UNE NOTICE

Sur les TROUBADOURS,

Par M. DE CAMBRY.

A AMSTERDAM,

1784.

CONTES

ET

PROVERBES.

I.

LES spéculations syſtématiques de nos Phi-
loſophes, les portraits qui ſe trouvent dans
leurs livres : ces prétendus motifs qui font
mouvoir les hommes, ébranlent, renverſent
les empires, ſi ingénieuſement imaginés par les
Hiſtoriens, ne ſeroient pas conſultés par moi
ſi je voulois faire un cours de morale.....
Je n'admettrois pour flambeau dans mes re-

cherches que le simple bon sens ; j'étudierois les mœurs du Peuple qui n'a pas été gâté par la lecture & les spéculations de ces fols brillans qui règnent par l'imagination. —— Je verrois les bonnes gens qui se dirigent d'après les Adages & les Proverbes de leurs pères, & je me convaincrois que Socrate, Platon, Démocrite, Montagne & la Fontaine n'ont rien dit qui ne soit exprimé d'une manière plus simple, plus courte, dans les dictons de nos bons ayeux.

Les Proverbes sont le résultat de l'expérience de tous les siècles, de tous les hommes : le Recueil qu'on en a fait est pour moi le meilleur Cours de Philosophie. On jetteroit un ridicule sur ma manière de voir . . . ; qu'importe, j'en rirois, & je trouverois sans doute un Proverbe pour répondre à mes Critiques.

————

Le Curé de mon Village fut visité par Lucas & sa femme. Comme il leur vit un air de peine & de mystère, le bon homme fit écarter jusqu'à sa Servante, qui sans doute écouta par le trou de la serrure. —— Ah ! M. le Curé, dit la femme, nous sommes perdus ; —— donnez-nous des conseils ; —— que faut-il faire ? —— Nous avons recours à vous, vous êtes notre père, M. le Curé, le père de nos enfans, de tout le Village : notre fille, M. le Curé, notre fille Jeannette, ah ! je n'oserai jamais vous le dire, notre pauvre fille est grosse, elle ne veut pas nommer le père de son enfant ; faites un Monitoire, M. le Curé, pour savoir qui c'est, afin que nous puissions les marier ensemble, & sauver l'honneur à Jeannette.

Le bon Curé fit venir Jeannette. Ma chère amie, lui dit-il, vous avez fait un grand péché, mais on peut tout réparer ; consolez-vous. —— Comment réparer ? Mon mal est irréparable. —— Non, mon enfant, j'ai du crédit ; je te promets de m'employer pour toi ; je veux te marier avec ton Amant. —— Les sanglots de Jeannette redoublèrent : ah ! Monsieur, dit-elle, *à mal mortel, Médecin ni Médecine ne vaut*. Je suis perdue. —— Ah ! ah ! seroit-ce un homme marié qui vous a si mal-

traitée ? —— Non, M. le Curé, non : c'eft...
c'eft... c'eft le Prieur des Bénédictins. —— M.
le Curé fit rentrer le père & la mère. *Mes*
enfans, leur dit-il, *à mal mortel, Médecin*
ni Médecine ne vaut. L'honnête homme leur
donna quelqu'argent & des confeils : Jeannette
accoucha dans l'obfcurité, perfonne ne fut fa
faute ; notre bon Curé paya les mois de nour-
rice, le bel enfant dont elle accoucha fut élevé
dans la maifon de Dieu, chanta fes louanges
en qualité d'Enfant de Chœur : il remplit à
préfent avec honneur la place de Bedeau. C'eft
un des meilleurs Carillonneurs de ma Province.
Que je hais les Confolateurs mal adroits
qui reffemblent fi peu à ce bon Curé !...
Une de mes Parentes, à la fleur de fon âge,
belle, bien faite, aimable, intéreffante, fut
obligée la nuit de fe fauver des flammes qui
dévoroient fa maifon ; elle faifit un de fes
enfans, le cache dans fon fein, s'élance ; le
plancher s'enfonce, fon fils échappe de fes
bras, devient à fes yeux la proie des flammes ; on la fecourt, on l'emporte ; elle revient
de fon évanouiffement, s'arrache les cheveux,

fe défefpère. —— Une femme verfant un tor-
rent de larmes, pouffant des cris aigus, lui
dit en fanglottant: Au moins, ma bonne amie,
dans ce défaftre affreux, avez-vous fauvé votre
Perruche qui parle & fiffle fi joliment....

Un malheureux languiffoit fur un lit de douleurs; une affreufe rétention d'urine le déchiroit depuis huit jours; près de fon lit étoit
un Confolateur. Monfieur, difoit-il au Malade,
ne vous affligez pas, offrez à Dieu vos douleurs: combien de faints Martyrs ont fouffert
plus que vous! voyez le divin Maître du monde
expirant fur la Croix; voyez Job.... ah!
s'écria le Moribond, Job piffoit, Monfieur,
Job piffoit.

Quand ces maudits Confolateurs ne peuvent
pas vous défefpérer de vive voix, ils le font
par écrit. Dupeltier, dans le Recueil de fes
Lettres imprimées en 1642, écrit à M. de
Buffy qui venoit de perdre fon fils. » Monfieur,
» fi cet accident n'avoit pas d'exemple, je
» n'entreprendrois point de vous confoler;
» mais grace à Dieu tout le monde meurt.
» Vous accuferez peut-être la mort d'incivilité,

» d'avoir fait paſſer le fils devant le père ,
» mais ce ſont des myſtères qui ne ſeront
» éclaircis que quand nous verrons tout en
» Dieu ſans voile «. (Il lui cite après cela
deux grands paſſages de Sénèque , pour lui
prouver que le ſage doit s'attendre à tout ,
& que les douleurs nous ſaiſiſſent toujours au
centre des plaiſirs.) » En un mot, ajoute-t-il ,
» *mala unde minimè expectabantur erumpunt.*
» —— Il faut que je vous confeſſe ingénument
» que je trouve des graces dans le ſtyle de
» Sénèque qui ne pourroient être conſervées
» dans notre langue ; quel fécond Ecrivain que
» Sénèque ! quelle ſource intariſſable ! elle four-
» nit des eaux à tout le monde. Quoi qu'il
» en ſoit, ce qui doit entièrement chaſſer vos
» chagrins , c'eſt que votre fils étoit trop jeune
» pour avoir mérité même les flammes du Pur-
» gatoire. —— Toutes vos penſées doivent &
» peuvent maintenant , dégagées des vilains
» amours de la terre , être tendues vers le
» Ciel qui renferme votre image. —— Vous
» m'avez dit cent fois que les enfans ſont des
» liens chéris qui nous attachent à la terre ;

» eh bien ! vous voilà dégagé. Rendez grace
» au Ciel qui vous l'a donné, de vous l'avoir
» ôté. *Dominus dedit, dominus abſtulit ;* vous
» n'ignorez pas qu'*in eum reſtitutus eſt locum
» in quo fuerat antequam naſceretur.* Convenons
» encore une fois que c'eſt un grand homme
» que ce Sénèque, avec lequel j'ai l'honneur
» d'être, &c. «.

Aux maux du corps il faut un Médecin, à
l'homme pauvre il faut ouvrir ſa bourſe ; mais
quand les maux tiennent à l'ame, il nous faut
un ami qui ſe taiſe, & qui pleure avec nous.
Il nous faut un déſert, tout être étranger nous
gêne, nous fait mal ; il nous diſtrait de cette
pénible, mais douce ſenſibilité, l'ame de toute
la nature que nous aimons à retrouver en nous.
O toi, que la mort m'a ravie ! toi que je pleure
à chaque inſtant du jour, ſi par leurs ſons
enchanteurs, Apollon, Timothée, Gretry,
eſſayoient de m'arracher à mes douloureuſes
& tendres ſenſations ; ſi par leurs chants immortels, Homère, Virgile & Fénélon, vou-
loient m'entraîner dans l'Elizée, je maudirois
ces demi - Dieux, & je retournerois pleurer

dans la grotte où je t'ai vue pour la dernière fois.

I I.

Art ne règne, mais cas & fortune.

Q u e d'ouvrages ne font qu'un commentaire de cette vérité ; si je voulois tranfcrire tous les faits qui la confirment, je ferois une Hiftoire Univerfelle.

Eve jouiffoit fans doute du libre arbitre ; le hafard la décide pour une pomme : quel bouleverfement dans l'ordre primitif établi par l'immuable Créateur du monde !

Pandore ouvre une boëte, la pefte, la guerre, la toux, les cathares, la goutte, les J * * *, la pierre, la fièvre & les drames infeſtent la furface du monde.

Pâris donne une pomme à Vénus, le Ciel & la Terre font en feu, l'Olympe fe divife, le fang des immortels rougit l'azur des Cieux, le Scamandre eft brûlé dans fes grottes profondes, & la fuperbe Troye n'eft plus qu'un monceau de cendres.

Un habile Général a tout difpofé pour fe

procurer une victoire assurée ; il s'est saisi des
postes les plus avantageux ; un second, un
troisième ordre de bataille doivent succéder
au premier, dès qu'un retranchement sera
forcé, qu'une redoute sera emportée ; il a fait
une sublime harangue & porté jusqu'à l'hé-
roïsme le courage de ses Soldats ; les Cieux
& les auspices sont pour lui ; les corbeaux
passent de gauche à droite, les poulets ont
bien mangé ; —— un Palfrenier maudit donne
au cheval du conful une double mesure d'a-
voine ; le courfier belliqueux entend le son de
la trompette, s'émeut, s'emporte ; notre sage
Général tombe, se caffe la tête, expire ; l'en-
nemi profite du moment ; une mesure d'avoine
met Rome à deux doigts de sa perte.

Il y a quelques années qu'un père de famille préfenta à Monfeigneur un Placet ; son
Alteffe se fervit, fans le lire, du Placet du
pauvre homme, qui, de retour chez lui,
difoit à fes parens, à fes voifins, à fes amis :
mon affaire fera du bruit ; le Roi me rendra
juftice ; Monfeigneur m'a fort bien accueilli.
L'oubli du Miniftre ruina le bon père de fa-

mille ; il perdit fon procès ; il fit banqueroute ; fon fils fut mis à Bicêtre, & fa fille à la Salpêtrière.

Et les arts doivent-ils leurs progrès aux travaux réglés des hommes de génie, à une fuite d'opérations dirigées par un inftinct fublime ? Berthold Schwartz, ou Roger Bacon, cherchoient-ils la poudre à canon quand ils en découvrirent la compofition ? Le phofphore, l'électricité, l'ufage de la bouffole, l'imprimerie, l'attraction, nous ont été découverts par le hafard. Que de chofes n'ont pas trouvées les fols utiles, qui cherchent encore le mouvement perpétuel, la pierre philofophale, la quadrature du cercle, & le breuvage de l'immortalité !

Quel eft celui de vous, mes chers Docteurs, qui fait ce qu'il veut faire, que cent évènemens imprévus ne bercent pas à leur gré ? Je fors tous les jours du Palais Royal, pour aller paffer deux heures dans le monde ou dans une Salle de Spectacle ; je me trouve aux Boulevards quand mon deffein étoit d'aller aux Tuileries ; je vais à l'Opéra, projettant d'aller

à

à la Comédie Françoife ; je paffe la foirée chez Mademoifelle L.... décidé depuis huit jours à la paffer avec Madame de B...

Sanctorius, homme grave, qui, pendant vingt ans, avoit profeffé la Médecine dans une des principales Villes de l'Allemagne, forme le projet de paffer fes vacances en Italie. A Naples, il fut féduit par les charmes de Mademoifelle Hebert, Angloife, adorable, qui voyageoit avec fa mère : ces Dames fe difpofoient à retourner en Angleterre : Sanctorius les accompagne. —— Par mille évènemens, dont je veux vous épargner le récit, mon Médecin oublia bientôt fa chaire & fa fortune ; il voyagea dans l'Inde, au Bréfil, aux Ifles du Cap-Verd, en France, à la Nouvelle-Angleterre ; enfin à la Jamaïque. Ce fut-là qu'il fit à Mademoifelle Hebert le tendre aveu de fon amour. —— L'honnête Sanctorius avoit dix dents caffées, le nez bourgeonné, la langue épaiffe, des cheveux blancs, un bon caractère, beaucoup de favoir en Médecine, en Politique ; avec tout cela, Mademoifelle Hebert ne pouvoit le fupporter ; elle fupplia fa mère de

quitter l'Iſle ſans en prévenir l'amoureux Médecin ; ſon projet s'exécuta ; le pauvre Sanctorius chercha ſa Maitreſſe dans toutes les Iſles
du Golphe du Mexique.

Las de Paris, de la Bibliothèque du Roi,
des femmes honnêtes, des Spectacles, des beaux
eſprits, je forme un jour le projet de voir la
Ruſſie ; à la Haye un évènement biſarre m'o-
bligea de revenir en France, dans la ferme
réſolution de pourſuivre mon deſſein, dès que
j'aurois terminé quelques affaires pécuniaires.
— Un homme me parle des brames de l'In-
doſtan, de leurs mœurs, de Brama, de Vich-
nou, du Sanſcretam, du Chaſta, des Vedams,
&c. A la fleur de mon âge, ſans projet qui
me gênât, je me rendis à l'Orient, dans
l'intention de m'embarquer ; on me dégoûta
du voyage en me peignant l'impoſſibilité de
s'inſtruire ſur tous les objets qui piquoient ma
curioſité, ſans paſſer vingt ans dans le Bengale : un Américain me vanta St-Domingue,
la vie patriarchale qu'on mène dans cette Iſle
fortunée ; je pars ; j'arrive ; huit jours après
je rencontre le Médecin Sanctorius au Sommet

du Makaïa, Montagne dont la cîme eſt preſ-
que toujours couverte de nuages, & qui ſemble
toucher au Ciel ; nous nous racontâmes reſ-
pectivement notre hiſtoire : je ſuis ici, me
dit - il, pour avoir voulu viſiter l'Italie ; &
moi, lui dis-je, pour avoir eu le deſſein de
voyager en Ruſſie.

Le haſard nous fait naître, le haſard nous
fait vivre, tourner à gauche, à droite, avan-
cer, reculer pendant ſoixante ans ; le haſard
nous donne la mort. L'entrepriſe la mieux
combinée, la mieux conduite, manque ſon
but, parce qu'une mouche a volé, parce qu'un
homme a trop mangé, parce qu'un valet a
paſſé la nuit au cabaret : conſolons-nous donc
dans la plus fâcheuſe poſition ; une paille peut
tout réparer. Quand la nature entière paroît
nous abandonner, comptons peu ſur nos amis,
encore moins ſur nos talens, ſur nos vertus, ſur
le génie même. Dormons. Si notre ſort ne
change pas aujourd'hui, il changera demain,
après demain, dans un mois, dans un an.
Dormons, & ſoyons convaincus, *qu'art ne
règne, mais cas & fortune.*

B 2

III.

Ne jugez pas pour n'être pas jugé.

Je ne vois que des gens qui jugent. —— Un homme grave entre, s'incline : Messieurs, dit-il, à ceux qui l'entourent, nous devons une réparation authentique à Baldus ; ce jeune homme mérite toute notre estime ; la source de ses dérangemens est connue ; il soutenoit une famille infortunée qu'un funeste procès réduisoit à la dernière misère ; cette famille est rentrée dans ses droits ; le vertueux Baldus ne perd point ses avances ; nous l'avions à tort éconduit. J'en suis désespéré. —— Mais,.... au reste,.... nous ne pouvions juger que sur les apparences, & .... Eh ! Messieurs, pourquoi juger ?

L'homme qui, par de séduisans dehors, par une politesse recherchée, par des éloges outrés, par une abnégation feinte, séduit le cœur d'une fille sans expérience, est souvent grossier, brutal, égoïste, méprise les femmes, & vit pour les déshonorer.

Damon paſſoit pour bel eſprit ; on le citoit
à la Cour, à la Ville ; Damon ſavoit le Grec,
& n'avoit jamais étudié cette langue ; Damon
faiſoit des vers charmans, qu'il gardoit dans
ſon porte-feuille, mépriſant la gloriole que ſes
talens pouvoient lui procurer ; & Damon n'avoit
point d'oreille, & n'avoit jamais fait de vers.
— Mon ami, lui dis-je un jour, d'où vous
vient l'immenſe réputation dont vous jouiſſez,
& comment pouvez - vous tromper tout un
Royaume ? — » Je vais vous parler franche-
ment ; je vis dans un grand tourbillon ; j'ai
ſuivi les êtres qui le compoſent ; je n'ai vu
que des Charlatans, je les imite, & voici
mon ſecret : j'aſſemble une douzaine de Prô-
neurs & quelques femmes ; les vins les plus
exquis ſont ſervis ſur ma table, je les prodi-
gue : bientôt on ne voit plus qu'à travers un
nuage ; un bruit confus ſe fait entendre ; on
ne diſtingue plus la voix de celui qui parle :
c'eſt au milieu de cette orgie que je captive
les ſuffrages : je répète vingt fois que la Reine
eſt enchantée de mes vers ; que mon traité ſur
Dieu va bientôt être terminé ; qu'il ſera grand

bruit dans le monde ; que Damis & Cléon , qui se connoissent en philosophie , m'ont donné des éloges outrés ; que mon Poëme épique seroit imprimé dans moins de trente ans , si Thompson, qui se connoît en Poëme épique , en admirant ma facilité , ne me répétoit tous les jours, *dans tout ce que tu fais hâte - toi lentement.* Je vante mes liaisons avec les grands Seigneurs , mes succès auprès du beau sexe ; on se retire. Les fumées du vin se dissipent ; on se souvient confusément des éloges qu'on m'a prodigués ; l'auteur de ces éloges est inconnu. . . . . On m'embrasse huit jours après. Mon ami, me dit-on , tout le monde parle de vous ; il y a quelque tems que dans un soupé on vous mit au-dessus des plus grands hommes. —— Je rougis en baissant les yeux ; mon admirateur enchanté prône par-tout ma modestie : ainsi mes chers Compatriotes qui ne peuvent vivre sans juger , qui jugent toujours sans recherches , sont la dupe de mon charlatanisme, de celui de tous mes Confrères qui sont nombreux aujourd'hui, comme dans tous les tems «.

Cet aveu me frappa ; je fis mille réflexions fâcheuses sur le caractère de mon ami ; je fus tenté de l'éviter ; j'allois tomber dans le ridicule que je blâme ; je pensai le juger, le condamner : je ne concevois pas qu'un homme, capable d'une telle petitesse, pût faire quelque chose de grand, de beau, de généreux ; je me trompois : son ame sensible ne vit jamais un malheureux sans partager sa peine & sans la soulager ; bon père, bon maître, ami solide, il rit dans sa retraite des folies de sa jeunesse ; sa terre double ses présens depuis qu'il en dirige la culture ; ses Fermiers enrichis dansent gaiement en quittant leurs travaux ; il marie les filles, fait travailler les garçons ; il abandonne les corps souples de ses enfans aux tendres soins de la nature, & plie insensiblement leur ame au joug de la société. Dieux ! quel ami j'aurois perdu, si j'avois précipité mon jugement. . . .

Les exemples s'offrent en foule à ma mémoire. Mais, dira la critique, ces faits sont placés sans ordre ; point de liaisons, toujours des faits ; cet homme ne possède pas l'art des tranfitions, ne fait pas faire un livre... Qui vous parle de faire un livre? J'écris, parce que je n'ai pas un volume chez moi, parce qu'il fait un tems affreux, parce que je veux écrire enfin ; j'ai la liberté de barbouiller du papier, comme vous avez celle de blâmer ma méthode. D'après une bagatelle que je laiffe en jouant échapper de ma plume ; quoi! vous ofez porter un jugement fur moi? Ne nous fâchons pas ; foyez fages, polis, honnêtes, & je vous conterai quelques Hiftoriettes jolies.

J'ai connu Lifias, la tête pleine de toutes les connoiffances, doué de cette faculté fublime qui faifit les plus grands rapports, de cette éloquence féconde qui féduit le cœur, commande à l'imagination ; ce galant homme avoit été délaiffé jufqu'à trente ans. Il connut enfin qu'une trop grande fupériorité fur les autres hommes eft nuifible quand on la laiffe appercevoir, qu'elle éloigne la fortune, s'op-pofe aux plaifirs qu'offre la fociété des bonnes gens ; que l'homme détefte à jamais le mal-adroit qui l'humilie ; que le fage épargne le fol, même aux petites maifons, qu'il le plaint,

verfe des larmes fur fon état déplorable, &
bénit la nature qui lui laiffe au moins l'amour-
propre pour foutien, pour confolateur dans
fon horrible fituation.

Pénétré de cette vérité, Lifias quitta la Province, fe rendit à Paris, changea de méthode,
fut humble, parla peu; Lifias paffa pour un
fot : un livre excellent qu'il publia ne fut point
lu, parce qu'il ne fut pas prôné, parce qu'on
ne le trouva pas fur la toilette de la précieufe
Emilie; & le pauvre Lifias fut obligé de retourner planter des choux dans le champ de
fes pères.

Pauvres badauts, bons, dignes & loyaux
Habitans de Paris, buvez, mangez, dormez,
veillez & chantez; mais de grace, ne jugez
pas..... Si le diable de Perrein Dandin vous
poſsède, n'avez-vous pas vos Spectacles ? C'eſt-
là que vous devez placer votre tribunal, &
fiffler les Acteurs & les Drames, fans craindre
de vous tromper dans vos jugemens.

Un Anglois fort de mon Cabinet : » bon,
m'a-t-il dit, voilà les François; l'Anglois eſt
bien plus réfervé; il examine gravement les

chofes avant de prononcer fur elles ; vous avez
bien faifi le caractère de votre Nation «.…
Comment, de ma Nation ? De toutes les Nations du monde , à toutes les époques.

Dans les riches plaines du Bengale , quand
les premiers rayons du foleil doroient à peine
le Sommet des plus hautes Montagnes , un
Voyageur Anglois fuivoit les mouvemens de
trois Sectateurs des Poufanans (1) ; l'un ob-
fervoit les étoiles , & dirigeoit fes pas vers le
fud - oueft ; l'autre examinoit plufieurs trous
creufés par des infectes ; le troifième , à l'aide
d'un crible , refaffoit les terres près defquelles
il paffoit. N'interrompons pas ces Philofophes
refpectables , dit le bon Anglois ; le premier ,
favant Aftronome , regrette que la clarté du
foleil plonge déja dans l'obfcurité les aftres
de la nuit ; le fecond , Naturalifte zélé , vient
au point du jour étudier les mœurs des infectes , que le befoin rappelle à la lumière ;
le troifième , Agriculteur économe , juge les

____

(1) Livres oppofés aux Vedams.

qualités de chaque terre pour ne lui confier que les semences qui lui sont propres ; .... que le Ciel bénisse ces sages Bramines , & répande sur eux ses faveurs ! ... L'Anglois continua sa route en terminant cette invocation , & les perdit bientôt de vue.

Tel est le jugement qu'un Voyageur sans critique porte sur ce qu'il apperçoit ... Ces prétendus savans se conformoient aux règles prescrites dans leurs livres , pour s'acquitter saintement des fonctions de la Garde-robe.

Une Dame assez jolie , mais sourde , se promenoit dans une des principales rues de Rome ; un François , jeune , de la plus jolie figure , fait autour , l'aborde poliment : Madame , lui dit-il , quelle heure est-il à St-Pierre ? A l'air dont il accompagnoit sa demande , la belle Romaine crut qu'il lui parloit d'amour ; (c'est une idée si naturelle) elle le prit par la main , le conduisit chez elle ; l'heure du Berger sonna pour l'heureux Etranger.....

J'excuse cette charmante étourdie ; son erreur est bien pardonnable : il est des êtres dont les yeux sont naturellement si tendres ,

qu'ils regardent leur canne, leur chapeau, le
foleil, la lune & leur maitreffe avec le même
air de fenfibilité : notre jeune homme étoit
fans doute de ce nombre ; puiffent tous les
jugemens précipités n'avoir pas de fuites plus
fâcheufes ! —— Oh Madame ! . . . . Madame ! . . . .
vous que je contemplai fi long - tems le 5
d'Octobre 1778 , tandis que le jaloux Aldo-
brandin condamnoit fa tendre pupille au filence, auprès de fon magnifique amant, qu'une
minute lui paroiffoit des heures, & que les
heures auprès de vous me fembloient des mi-
nutes ; —— fi vous vouliez ainfi m'apprendre
l'heure qu'il eft ?

Un Aréopage féminin s'affembla fous le
règne de Pharaon pour juger la malheureufe
& trop fenfible époufe de Putiphar : on la
blâmoit unanimement de la violence qu'elle
avoit voulu faire à l'innocence de Jofeph :
elle déshonore notre fexe, difoient toutes les
femmes ; comment peut-on oublier fa vertu,
abaiffer fa fierté jufqu'à retenir l'être qui nous
dédaigne ? Cette baffeffe crie vengeance, &
mérite la plus terrible punition.

La

La veille du jugement la tendre amante de Joſeph invita ſes Juges à une collation. Sur de riches tapis elle fit ſervir des corbeilles de fruit. —— Elle offrit à chacune d'elles une pomme ; pendant qu'elles s'occupoient à la peler, un rideau s'ouvre ; Joſeph, dans l'attitude la plus noble & la plus ſimple, ſe préſente à leur vue ; ſes longs cheveux bouclés tombent avec graces ſur ſes habits de lin ; ſes beaux yeux, après s'être promenés ſur elles, ſe baiſſent avec timidité ; un rouge léger colore ſes belles joues. —— A cet aſpect tous nos Juges reſtent en extaſe ; leurs mains continuent machinalement leur action que l'adreſſe ne dirige plus ; le ſang coule de leurs doigts qu'elles coupent ; elles contemplent Joſeph & ne ſentent point la douleur. Ah ! Madame ! . . . . Madame ! . . . . ſi, le 5 Octobre 1778, en ſortant de la Comédie Italienne, vous m'aviez tiré par le manteau . . . . A quel propos vous placer à la fin d'un Conte Indien, & d'une Fable Italienne ? Ah ! Madame ! . . . Madame ! . . . Sur quelqu'objet que je porte ma vue, dans quelque lieu du monde que mon imagination

C

se promène, je vous vois depuis le 5 Octobre
1778.

*Note pour l'intelligence de la Fable de l'An-
glois & des trois Brames.* Voici les préceptes
de quelques livres condamnés par les sages de
l'Inde ; mais malheureusement respectés sur
une grande partie des rives du Gange. ——Il
est question des règles indispensables de la garde-
robe. » On prendra sa route au sud ou au
» sud-ouest ; on s'éloignera de sa maison, au
» moins à la portée d'une flèche ; pendant la
» nuit on n'est pas obligé d'aller si loin. On
» se gardera bien de salir de ses ordures un
» chemin, une étable, une terre labourée,
» encore moins une terre ensemencée. On doit
» respecter un cimetière, & se garder de bou-
» cher un trou dans lequel peuvent vivre des
» insectes, s'écarter de l'ombre d'un arbre frui-
» tier, & des bords d'une rivière. On doit
» prendre garde d'être vu ; il faut se couvrir
» d'une toile. Si c'est le soir, on aura le vi-
» sage tourné au nord ; pendant la nuit, du
» côté du sud ; si c'est le matin, on regar-
» dera l'ouest ; l'est, si c'est à midi. Dès qu'on

» aura fini, on se frottera avec de la terre,
» qu'on se garde de se servir d'une terre la-
» bourée, ou de celle qu'un rat peut avoir
» soulevée. Après cette cérémonie, on se la-
» vera douze fois la main gauche, & six fois
» la main droite «. Je n'ai pas extrait le quart
des superstitieuses momeries indiquées dans cette
occasion par les livres Indiens, ou par les com-
mentateurs ignorans des Vedams.

I V.

Qui ne sait danser, ne doit aller au Bal.

D a n s le tems du Gouvernement féodal,
un puissant Seigneur Allemand, riche en terres,
en hommes, en chevaux, résolut de faire
voyager son fils. — Mon ami, lui dit-il en
l'embrassant, c'est pour ton bien que je con-
sens à te perdre de vue ; va dans les Cours
de mes voisins ; étudie leurs mœurs, leurs
loix, leurs coutumes ; n'oublie pas sur-tout
de te former dans l'art de la guerre ; apprends
à rompre une lance, à guider avec grace un

courfier dans l'arêne : il ne te manque qu'un peu d'adreffe & de légéreté pour être le Seigneur le plus accompli de ton fiècle ; car le Ciel t'a favorifé d'une conftitution robufte, & je n'ai pas épargné les Maîtres dont (Dieu merci) tu n'as pas mal profité : puiffes - tu confoler ma vieilleffe par tes hauts faits, & devenir le foutien de mon Peuple. Adieu mon fils, adieu.

Le bon Vieillard, de la fenêtre du Château qui donnoit fur le grand chemin, fuivit des yeux, en pleurant (1), le char de fon fils, & ne fe retira que quand il l'eut perdu de vue.

L'éducation de ce cher enfant avoit été celle de prefque tous les Princes ; fes Domeftiques & fes Vaffaux ne lui parloient qu'avec le plus

______

(1) On voit dans *Nordenus*, *de curr.* art. 4, *Lib. 7, Tome I,* qu'à l'époque de cette aventure les chars étoient connus dans cette partie de l'Allemagne, depuis trente-fept ans. Voyez auffi la *Lettre de Brutus fur les chars anciens & modernes.*

profond refpect ; à quatre ans on l'appelloit
Monfeigneur ; fon Précepteur le portoit fur
fon dos, marchoit à quatre pattes, faifoit
le cheval pour lui plaire, fe cabroit, ruoit,
piaffoit, henniffoit, fe laiffoit mettre une
bride . . . . . L'enfant, que fes plaifirs occupoient uniquement, quand fon Maître, pour
l'endoctriner, reprenoit le mafque d'Ariftote,
ne pouvoit fouffrir fa gravité : le Précepteur
avoit beau lui dire : Monfeigneur, il y a tems
pour tout ; je ferai cheval dans un moment,
à préfent je fuis Ariftote ; l'enfant le tiroit par
la barbe, le courboit jufqu'à terre, fautoit
lourdement fur fes épaules, piquoit des deux ;
on rioit de cette faillie, & Monfeigneur favoit
à peine épeler à vingt ans. Tous fes Maîtres
imitèrent le Précepteur ; ne pouvant faire goûter
les charmes de leur art à ce digne Gentilhomme, chacun prit fon parti. Le Maître de
Mathématiques lui raconta des Hiftoires de
Sorciers & de Revenans ; le Maître de Danfe
lui parloit du Pape, de Céfar & des Con-
ciles ; le Maître de Mufique lui vantoit les
pyramides d'Egypte : Monfeigneur, lui difoit-

il, c'eft le plus beau Monument de la puif-
fance Egyptienne, elles s'élèvent prefqu'auffi
haut que le donjon de votre Château.

Monfeigneur n'avoit montré de goût que
pour les chevaux, non qu'il admirât leur nobleffe, qu'il fût jaloux de dompter leur fierté,
d'affujettir au frein ces animaux fuperbes : il
les aimoit à la charrue, quand, courbés fous
le poids d'un lourd fardeau, il avoit le plaifir
de les battre fans crainte; il ne pouvoit alors
fe réfoudre à les quitter; il raffinoit dans l'art
de les eftropier; on le vit un jour, d'un feul
coup de fouet, créver l'œil du meilleur cheval d'un des Fermiers de fon père, & s'enor-
gueillir des éloges qu'on prodiguoit à fon
adreffe.

Ce fut avec les connoiffances & les talens
que cette éducation avoit dû lui procurer,
qu'il s'éloigna des Domaines de fon père. Il
fe rendit à Paris; il s'affocia par fympathie
avec une bande de grands Seigneurs, joueurs
& buveurs par état. Monfeigneur oublia bientôt les leçons de fon père. Etudier les mœurs!
lui difoit-on, il n'y a point de mœurs, mon

ami, tous les hommes font ce que la nature leur infpire ; les petits en cachette, les grands à découvert, voilà la différence ; la nature a fes droits avant tout ; elle nous pouffe à paffer le jour & la nuit entre les belles & le champagne : dînons au cabaret, & foupons au... Quant aux graces, tu n'en manques pas pour un Etranger ; dans peu nous t'aurons entièrement formé : qu'as-tu befoin du manège ; tes chevaux font dreffés ; c'eft l'affaire de tes Ecuyers.... On ne fauroit s'imaginer combien notre Gentilhomme profita chez fes nouveaux Maîtres ; il mangeoit, buvoit, s'enivroit, &c. C'étoit le plus joli Seigneur de l'Allemagne.

Son père mourut.... Il fallut embraffer fes Amis, fes Maitreffes, leur promettre un prompt retour, & partir.... On le reçut dans fes Etats au fon des cloches, toutes les rues furent tendues de draps & de tapifferies, qui repréfentoient les aventures de Lancelot du Lac, le triomphe de Mardochée, les amours de Cupidon & de Pfyché ; on prodigua les fleurs fur fon paffage, on lui fit une harangue qui com-

mençoit par ces mots : » Monseigneur, tout
» l'univers se prosterne à vos pieds « ; le *Te
Deum* fut chanté dans l'Eglise Paroissiale, où
Monseigneur se rendit accompagné d'Enfans
de Chœur qui l'encensoient comme la Châsse
d'un Saint. Cette cérémonie terminée, sa Grandeur se fit porter à son Palais ; on eut le bonheur
d'assister à son soupé, il s'endormit sur un
fauteuil, on le transporta doucement sur un
lit d'édredon, où, sans trouble, il attendit le
retour du jour & de ses jouissances.

Impatient de contempler ses richesses, le
soleil n'est pas à la moitié de sa course, que
Monseigneur s'éveille. On l'habilla, ses Vas-
seaux, ses Secrétaires, ses Economes, ses
Ecuyers assistèrent à son lever ; il demanda
des détails, on s'empressa d'obéir ; ses haras
sont bien entretenus, ses coffres sont remplis
d'or & de pierreries, ses caves sont garnies des
vins les plus exquis, ses greniers s'écroulent
sous les grains qu'ils renferment : Monseigneur,
lui dit un vieux Gentilhomme, promenez-vous
sur vos terres, tout le monde y jouit d'une exis-
tence heureuse, vos Paysans sont riches, frais &

bien portans, & leurs filles font biens jolies.
—— Jolies, dit Son Alteffe, qu'on m'amène une
monture... L'Ecuyer obéit, choifit un fuperbe
cheval d'Efpagne, fon œil étincelle, fes crins fe
hériffent, & tombent avec nobleffe ; impatient,
fon pied fait voler la pouffière ; Son Alteffe,
qui fe rappelloit les confeils de fes amis, n'eut
pas la moindre inquiétude. —— Mon cheval
eft - il bien manégé ? —— Oui , Monfeigneur.
—— Notre héros faifit lourdement la bride ,
donne un grand coup de fouet à ce jeune
courfier , qui , peut fait à ce traitement , fe
retourne , & d'une ruade jette fa Grandeur
dans un bourbier ; imaginez fa rage & fa fureur ;
il maltraite fon Ecuyer , le chaffe à coups de
fouet, fait pendre fon cheval , prend en haine
toute fon efpèce , & la profcrit dans fes domaines.

L'âne paifible lui fuccède , quelle différence !
Son Alteffe fe pavanoit fur ce pacifique animal ,
lui laiffoit la bride fur le col , remuoit les
jambes à loifir , les croifoit , les décroifoit ,
s'affeyoit à droite , à gauche , lui donnoit de
grands coups de bâton fur les oreilles , fans

qu'il témoignât la moindre humeur ; sa démarche étoit sûre, il alloit à petits pas, mais
enfin parvenoit à son but.

Un jour que sur cette noble monture Monseigneur se promenoit gravement sur les fron-
tières de sa Province, un Chevalier de la plus
haute apparence, plongé dans de sombres pen-
sées, passe à côté de lui sans l'appercevoir.
— Chevalier incivil, lui cria-t-il, qui t'a
donné le droit de passer sur mes terres ?
— » Mon bras & mon épée, qui punissent
tous ceux qui s'opposent à mon passage «.
— Monseigneur se croyoit le plus fort, il
étoit entouré de douze de ses gens, le Chevalier n'étoit suivi que de deux Ecuyers.
— Amis, dit-il, en écumant de rage, mes
amis, on ose m'insulter sur mes domaines,
qu'on se saisisse de ce misérable, & qu'on
l'entraîne dans mes prisons. Ses gens veulent
obéir, Son Altesse leur crioit courage, courage, & tournoit bride. Le Chevalier se dégage
de la canaille qui l'ose assaillir, poursuit leur
chef ; l'âne refuse le service ; — Monseigneur
frappe, crie, supplie, l'âne fait un effort,

allonge le pas ; —— il alloit prendre le trot. Monseigneur impatient tire son épée, le pique, lui coupe une oreille & la queue ; à cet excès de cruauté, l'âne se renverse, Monseigneur se casse une jambe, un bras & la tête.....

Un Peuple libre, un Peuple esclave, sont le Coursier & l'Ane de cette Fable.

V.

Que sais - je ?

LA vérité est une, me répète-t-on depuis l'enfance : quelques efforts que fasse le mensonge pour lui ressembler, des nuances, quelquefois imperceptibles, mais toujours réelles, le font reconnoître.... D'après cet axiome, je suis convaincu que, sur les grands objets au moins, tous les hommes sont d'accord ;... La voûte du Ciel frappe mes yeux : les mouvemens des corps célestes qui marchent avec une si grande vîtesse & paroissent immobiles ; ces forces agissantes les unes sur les autres, qui se balancent ou se détruisent ; cette ten-

dance vers un centre commun, font les premiers objets qui piquent ma curiofité... J'inter-
roge les doctes du monde ; l'un m'apprend
que ces Cieux roulent autour de la Terre,
entraînés par l'impulfion d'un premier mobile ;
l'autre, que le Soleil, au centre du monde,
eft entouré de cercles immenfes que tracent les
planètes : on me parle de tourbillons, d'attraction, de vuide, de plein, de matiere
fubtile, de ciel de cryftal, d'atomes crochus,
d'infiniment grands infiniment petits, d'infiniment petits infiniment grands ; on m'étale
vingt fyftêmes qui m'expliquent avec une égale
précifion toutes les apparences des Aftres, en
regardant comme immobile chacun des neuf
termes de l'Aftronomie. La dernière hypo-
thèfe a toujours été la meilleure depuis trois
ou quatre mille ans qu'on a la bonhommie
d'en faire ; & cependant la vérité eft une.

Les premiers monumens font perdus ou inin-
telligibles ; ils contiennent, fi nous en croyons
les favans, ce que l'homme peut & doit favoir ; il ne s'agit, pour être inftruit de tout,
que de lire avec fruit, les hiéroglyphes par
exemple ;

exemple ; mais nous avons perdu leur alphabeth : nous avons des Commentaires , mais ils diffèrent entr'eux ; ils font en fi grand nombre , que la vie de l'homme ne fuffiroit pas pour en lire la millième partie.

Je veux connoître l'origine du monde ; il eft formé par une réunion d'atômes errans dans le vuide ; il eft un morceau détaché du foleil, l'œuvre de l'amour , l'ouvrage de la haine ; il eft Dieu ; un fanglier l'arrache au cahos & l'enlève fur fes défenfes ; la mer , après une violente fecouffe , le jette à la lumière ; il eft éternel , il a douze mille ans , il a fix millions d'années d'exiftence. Les Chaldéens fe vantent d'avoir des obfervations aftronomiques faites quatre cents foixante-dix mille ans avant Alexandre. Les Egyptiens prétendoient que Vulcain , fils de Nilus , avoit enfeigné les fciences dans l'Egypte quarante - huit mille huit cents foixante-trois ans avant le fiècle d'Alexandre.

L'on foutient ici que les Egyptiens ont peuplé la Chine ; ailleurs, que les Chinois furent les premiers Habitans du monde.

Les Gaulois prétendoient qu'un de leurs Rois,

nommé Barde, inventa la Poéſie, la Muſique, les Mathématiques, long-rems avant Muſée & Orphée ; que leurs Druides étoient ſavans en Aſtronomie & en Géographie, quand les Peuples de l'Aſie étoient encore ſans lettres ; Diz, fils de Japhet, ſurnommé Samothés, à cauſe de ſon érudition, les inſtruiſit le premier ; Sarron, ſon neveu, ou ſon petit-fils, établit dans les Gaules des Ecoles publiques ; ils ont même avancé que les Phéniciens prirent chez eux leurs caractères alphabétiques : Cadmus en emprunta ſeize à ces derniers, & les tranſporta dans la Grèce.

Les Chaldéens ſoutiennent que ſous un Ciel pur, dans des plaines fécondes, ſur une terre qui, ſans culture, fournit abondamment à leurs beſoins, ils ont eu les premières notions aſtronomiques, qu'ils ſe ſont attachés à l'étude de la voûte céleſte, ſi magnifiquement parée ; comme l'enfant au berceau, dès qu'il a ſucé le lait de ſa mère, cherche l'éclat d'un rayon du ſoleil, ou celui d'un flambeau qui luit dans l'obſcurité.

Les Suédois objecteroient que la proximité

des poles, les différences dans le cours du soleil, plus senfibles à leurs yeux, la plus grande variété de leurs faifons, ont dû leur donner des connoiffances en Aftronomie, que les autres Peuples ne fe font procurées qu'à la fuite de longues obfervations, puifqu'ils n'étoient aidés par aucune des reffources trouvées dans les derniers fiècles pour faciliter l'étude des aftres.

Si j'étudie l'Hiftoire des Nations, j'apprends que les Habitans d'Amboine font fortis d'un ferpent ou d'un crocodile ; les Rhodiens font fils de la terre, échauffée des rayons du foleil ; d'autres Peuples font defcendus d'un chêne, d'un loup, d'un ours, d'un chien, d'une fouris, &c.

Ces hommes illuftres, fondateurs ou légiflateurs des Peuples, ont dû les intéreffer ; fur ce qui les concerne on doit favoir la vérité : on n'oferoit foutenir, par exemple, que Pythagore n'étoit pas Grec : on attefte pourtant qu'il étoit Juif, qu'il fut circoncis par les Prêtres d'Egypte, qu'il n'eft autre que le Prophête Ezéchiel.

Zoroaftre étoit Bactrien , il vivoit dans le fiècle de Nimbrod ; Cluverius le prend pour Adam ; Procope , Gazeus & Epiphane pour Abraham ; Huet pour Moïfe ; Grégoire de Tours pour Sem ; Eusèbe le fait Contemporain de Semiramis ; Apulée , de Cyrus & de Cambyfe ; Platon l'appelle le plus ancien de tous les fages de Perfe ; Eudoxe , Pline & Hermippe nous difent qu'il a vécu cinq mille ans avant la guerre de Troye. Xantus de Lydie ne compte (fuivant le témoignage de Laërce) , que fix cents ans depuis Zoroaftre jufqu'à Xercès. L'Edda lui donne la direction des travaux de la Tour de Babel ; foixante-douze Architectes exécutoient fes ordres ; de la confufion des langues naquirent tous les noms qu'on lui donna ; il fut adoré fous celui de Baal ; c'eft lui que nous nommons Belus ; il eft le père de l'idolâtrie.

Les premiers Artiftes font-ils plus connus ? Les Grecs revendiquent l'invention de la peinture , les Egyptiens la leur difputent ; on prétend que les briques qui formoient les murs de Babylone étoient peintes , qu'on y voyoit des figures d'animaux, des chasses entières ; le fils de Seth fut le premier des Peintres, selon quelques Ecrivains, & Philoclès d'Egypte, selon d'autres. On a soutenu que Cléanthe ou Ardice, tous deux Corinthiens, & Théléphanus de Chiarenia, dans le Péloponnèse, dessinèrent d'abord avec du charbon ; que le premier qui se servit d'une couleur, fut Cléophante de Corinthe, qui pour cela fut nommé *Monocromatos*. On a dit qu'il y avoit des Tableaux (dans la ville d'Ardée, en Italie) peints sur les murailles d'un Temple, construit long-tems avant la fondation de Rome. Malgré ces témoignages, par une idée assez naturelle, on attribue communément l'invention de la peinture à la belle Dibutade, qui, prête à voir partir son Amant, traça ses traits sur une muraille, en suivant les contours que l'ombre d'une lampe, placée par un heureux hasard, rendoit dans une juste proportion.

Les traditions les plus anciennes font mention d'une femme parfaite ; sa taille étoit noble, sa démarche simple, un rouge naturel coloroit son visage ; le sourire habitoit sur ses

lèvres, la modeſtie ſur ſon front ; aucun voile
ne déroboit aux yeux la beauté de ſes formes ;
elle inſpiroit une paſſion pure, ſans fureur &
ſans jalouſie ; elle parloit peu, voyageoit beaucoup, ne s'arrêtoit guère dans des lieux fré-
quentés ; on la voyoit rarement dans la maiſon
qu'elle avoit une fois quittée. Elle diſparut ;
les pères la peignirent à leurs enfans avec tant
de vérité, que quelques ſiècles après, quand
Mani dans l'Inde eut trouvé l'art de peindre,
il en fit trois portraits aſſez reſſemblans : on
en voit encore un chez les Guèbres à Surate ;
l'autre chez les Brames du Cachemire ; le
troiſième fut porté en Egypte : le Prince ré-
gnant n'en pouvant ſupporter l'éclat, qui fa-
tiguoit ſa vue débile, en fit préſent aux Prêtres Egyptiens, qui le deſcendirent par un
puits au fond de leurs ſouterreins, au rapport
de Démocrite. Des Grecs, des Scythes, des
Gaulois, inſtruits que ces Prêtres poſſédoient
un tel tréſor, ſe rendirent en Egypte ; ils
furent initiés, & rapportèrent dans leurs Provinces des copies de la femme parfaitement
belle ; mais, comme ils connoiſſoient le goût

de leurs Compatriotes , leurs idées fur la beauté , fur la décence , quelles formes , quelles couleurs plaifoient à leurs yeux , ils furent obligés de fe prêter aux circonftances ; ils la couvrirent de draperies légères , de gaze , de lin , rouges , bleues , blanches ou capucines ; lui prêtèrent un nez aquilin , pointu ou quarré ; racontèrent différemment fon hiftoire : chez les Grecs elle étoit une Déeffe , elle avoit vécu dans l'âge d'or ; elle fut une efpèce de Fée pour les Gaulois ; les Scythes la placèrent dans les forêts.

Toutes les Nations du monde ne parlèrent bientôt que de la femme parfaite qu'on voyoit dans l'Inde , en Égypte , chez les Scythes , les Grecs & les Gaulois. — Des Efpagnols , des Éthiopiens , des Africains de la Côte d'Or & du Sénégal , des Danois , des Suédois , des Iflandois , eurent quelque idée de la femme parfaite ;... ils en jugèrent par de très-foibles copies.

Cependant des guerres fanglantes , des incendies , la pefte , des volcans , des tremblemens de terre , changèrent la furface du globe ;

des empires s'élevèrent, des empires s'abymè-
rent ; dans cet horrible bouleverſement on
ſongea rarement à la femme parfaite, on
l'oublia quelquefois entièrement ; un calme mo-
mentané ſuccéda à l'orage, quelques monumens de l'hiſtoire ancienne ſortirent du milieu
des ruines ; on ſe ſouvint de la femme parfaite comme des circonſtances d'un beau rêve ;
chacun voulut en retracer l'image ; une foule
de diſſertations parurent, s'entaſsèrent dans
les Bibliothèques à l'aide de l'Imprimerie. On
la traça mille fois ſur la toile en habit de
pourpre ou ſous la bure ; un ſage qui ſait
tout, qui a tout vu, tout comparé, a fait
un réſumé des opinions qui la concernent ;
voici les traits qui peuvent la faire reconnoître.

La femme parfaite eſt blanche comme un
lys, —— noire comme l'ébène ; elle a les yeux
bleus ou bruns, ſon nez eſt aquilin ou camus.
—— On prétend qu'elle n'a qu'un œil au milieu du front ; qu'elle a cent bras, ou qu'elle
n'en a que deux ; que ſes lèvres ſont fines ou
groſſes ; que ſon teint eſt olivâtre, qu'elle eſt

vierge & proftituée ; qu'elle habite une chau-
mière, le Ciel ou le fond d'un puits ; qu'elle
exifte de tout tems ; qu'elle eft morte ; enfin
qu'elle n'a jamais exifté.

Que fais-je ? difoit le bon Montagne.

A la mort du Comte de ... Maréchal-de-
Camp, la Comteffe fon époufe quitta la Cour
qu'elle habitoit depuis deux ans, & vint fe
fixer à Paris. Elle connoiffoit les défagrémens
du mariage ... Libre, riche, indépendante,
jeune encore, elle réfolut de paffer fes jours
dans le célibat, de fe livrer aux goûts qui
l'entraînoient, fans profcrire ceux qui pourroient naître. Tous les partis qui fe proposèrent
furent éconduits : en vain fes Parens lui firent
de longues repréfentations ; rien ne put ébranler
fa fage réfolution.

L'Hôtel, ou plutôt le Temple qu'elle choifit,
étoit du meilleur goût. Les diftributions en
étoient commodes ; les ameublement riches &
frais. — On y remarquoit une Bibliothèque que

la Comtesse fréquentoit, un Boudoir qu'elle
n'ouvroit pas, une Salle de Concert qui ser-
voit deux fois la semaine. Gardel & Piccini
perfectionnèrent ses talens. Elle eut une Loge
à tous les Spectacles, erra pendant six mois,
étudia, choisit une douzaine d'êtres qu'elle
admit à ses soupers : tout autre cercle déplut
bientôt aux amis de cette femme aimable.

Son projet de vivre sans intrigue parut
d'abord une chimère. Tous les hommes qu'elle
voyoit se flattèrent de la détruire. Da...
chanta, Sal... montra sa jambe & ses dents,
F... lut son mémoire sur l'air déflogistiqué,
le jeune Marquis de B... son traité déduca-
tion, Dau... paya des vers qu'on fit sur ses
exploits, des B... fit tout exprès deux actes
de bienfaisance qu'on publia dans les Journaux.
La Comtesse fut inébranlable.

Quinze mois s'étoient écoulés entres les arts
& les plaisirs tranquilles, quand le printems,
quelques conversations un peu vives, ses
lectures & l'Opéra firent éprouver quelques
langueurs, quelques tiraillemens, quelques
ennuis, à la Comtesse. Elle se crut malade,

& partit feule pour fa Terre de..., fûre que la vue des champs, un nouvel air, la vie champêtre, lui rendroient bientôt la fanté. A la pointe du jour elle fe levoit; les bains, la promenade, la lecture, employoient fes matinées. —— Le foir elle voyoit fes Fermiers, jouoit avec leurs enfans, les nourriffoit, les habilloit & les faifoit danfer. Elle maria fix filles, dîna tous les Dimanches avec fon bon Curé, releva les murs du Presbytère à fes frais, fit un parterre, remplit d'oifeaux une volière; &, malgré fes occupations, elle éprouva toujours, & fes langueurs, & fes tiraillemens, & fes ennuis.

La Campagne lui devint infuportable; elle fe rendit à la Ville. Son expérience & fa bonne-foi ne lui permirent pas d'ignorer long-tems la caufe du mal-aife qu'elle éprouvoit; fon parti fut pris. Elle aimoit le Chevalier de B... C'étoit un homme de vingt-neuf ans, dont la jeuneffe avoit été turbulente, mais que des évè-nemens multipliés avoient mûri. Elle ne vit jamais chez fon Amant un fentiment qui pût le dégrader à fes yeux. Son efprit étoit vafte, son cœur droit & sensible ; il voyoit le mal sans aigreur & le bien sans enthousiasme : c'étoit un de ces hommes près desquels tous les autres se rassemblent, qu'on écoute sans être humilié de leur supériorité, parce qu'ils satisfont notre curiosité & le desir insatiable que nous avons d'apprendre, sans jamais blesser notre amour-propre.

J'essayerois vainement de décrire la vie délicieuse de ces êtres privilégiés. Trois ans se passèrent sans que la moindre altération troublât leur félicité. Seuls à la Campagne, les jours, les nuits, les mois s'écouloient sans froideur & sans ennuis. A la Ville ils s'aimoient sans jalousie, sans humeur : ils savoient que les querelles, les tracasseries, ces raccommo-demens même, si délicieux alimens d'un amour vulgaire, nuiroient au sentiment simple & noble qui les unissoit. La Comtesse n'employoit aucun des raffinemens inventés par la coquetterie ; son Amant n'étoit pas exigeant : ils recherchoient tous les plaisirs qui paroissoient étrangers à l'amour ; fréquentoient les Savans, les Sages, la Cour, les Spectacles, les Acadé-mies ,

mies, les Artiftes ; tout autour d'eux fervoit à leurs plaifirs ; mais il falloit qu'ils les goûtaffent enfemble.

Par une bifarrerie qu'on ne peut expliquer, par un caprice de l'imagination, à la longue, cet état de paix, de bonheur, ne parut pas naturel au Chevalier de B.... L'apathie de la Comteffe le troubla. Jamais elle ne témoignoit la moindre inquiétude de le perdre : s'il parloit d'une femme avec éloge, il n'étoit pas contredit. On ne le grondoit pas pour une abfence de vingt-quatre heures ; la difpofition d'humeur qu'il apportoit n'étoit jamais contrariée..... Il prit pour de l'indifférence ce qu'un homme, qui n'a plus vingt ans, devroit defirer chez la femme qu'il aime ; une douce fécurité, & cette délicateffe qui lie d'autant plus qu'elle laiffe croire à la liberté.

Le Chevalier avoit une Coufine, citée pour fon efprit & pour fa beauté. Il réfolut de feindre pour elle une paffion qu'il étoit loin d'éprouver. Il s'éloigna de la Comteffe, parut rêveur, mélancolique, eut de l'humeur : on fouffrit fans fe plaindre. Il devint brufque : on s'ex-

E

pliqua. Il mit tout l'art imaginable dans l'aveu de sa passion prétendue : on ne l'arracha qu'avec peine. La Comtesse, ferme dans ses principes, cacha ses larmes, supplia son Amant d'être encore son Ami, l'aida de ses conseils, & l'engagea sur-tout à lui faire part de ses progrès sur le cœur de sa belle Baronne de...

Ce sang-froid parut au Chevalier la preuve certaine de l'indifférence de sa Maîtresse. Il résolut pourtant, avant de la quitter, de continuer son épreuve. On a peine à concevoir la foule de scènes & de procédés incivils qu'une erreur de l'imagination fit employer à l'homme d'ailleurs le plus délicat & le plus honnête. Elles furent poussées au point de refroidir réellement la Comtesse. La ruse de son Amant lui donna de la ruse. Elle essaya de le ramener par cent moyens ; feignit enfin de s'attacher à F....., jeune homme d'une figure enchanteresse, d'une candeur de caractère qui n'existe plus à quinze ans, & qu'il conservoit à vingt-deux.

Le Chevalier plus inquiet, résolut de frapper les derniers coups. Il se rendit chez la Comtesse. Après un cruel préambule, qui faisoit pâlir, frémir cette femme intéressante, pressoit son cœur & déchiroit ses nerfs ; il lui montra brusquement un Portrait de la Baronne, & lui fit lire un Billet contrefait qui l'appelloit au rendez-vous.

Le sang-froid de la Marquise, sa sage résolution ne purent résister à ce coup. Un froid mortel glace ses sens... Elle tombe évanouie. Le Chevalier sent ses torts ; tout soupçon, toute inquiétude cesse. Il la rappelle à la vie, se désespère, s'accuse, déchire la prétendue Lettre, brise le Portrait de la Baronne : on ne le voit, on ne l'entend plus... Une fièvre violente tint la Marquise au lit pendant six semaines : elle achève à la Campagne une longue convalescence. Pendant cet intervalle le malheureux de B.... ne put la voir ; ses Lettres ne furent point reçues. Les coups qu'il avoit frappés étoient trop forts. Rien ne put ramener sa Maîtresse. Il tâche, en parcourant les Cours Etrangères, d'oublier son amour : ses efforts sont vains..... Je viens de le voir à Venise pâle, défait, anéanti, traînant, au milieu des chefs-d'œuvres & des ruines de l'Italie, ses remords & ses ennuis.

Croyez-moi, point d'épreuves.

FRAGMENTS.

J'ABORDAI dans cette Isle à la fin du printems : la terre cache alors, sous le feuillage, sous le lilas, la rose & le muguet, les ravages de l'hiver. Les oiseaux, les parfums, les atômes qu'on respire, l'air qui pénètre, tout excite à la volupté. Je marchois lentement sur le rivage, quand les sons d'une musique harmonieuse frappèrent mes oreilles ; je vis une foule de jeunes hommes & de jeunes filles arriver en dansant aux portes du Temple de Vénus. Il s'ouvrit sans bruit : les Graces reçurent les offrandes & les déposèrent aux pieds de la Déesse : un nuage léger la laissoit entrevoir. Ce n'est que chez les Dieux qu'elle paroît sans voile.

Après les Hymnes accoutumées, chacun des

Sujets de Vénus vint à ses pieds porter des plaintes ou demander des graces : Céphise s'avança.... J'étois aimée depuis trois mois, dit-elle ; j'aimois ; j'en avois fait l'aveu. Pour échapper aux regards des jaloux, Alexis m'offrit un asyle : c'étoit au fond d'un bois, sur les bords de la mer , dans un lieu fait pour le mystère. Je m'y rendis au jour marqué ; j'avois devancé l'heure , & j'attendois avec impatience, quand des caractères gravés sur un Cyprès me frappèrent : je lus ces mots , auxquels je dois le malheur de ma vie :

Traitez bien un Amant , il cessera de l'être.

Une Furie , l'Envie , sans doute , en quittant votre Isle , ô Déesse ! avoit tracé cet horrible blasphême : un froid mortel se glissa dans mes veins... Alexis arrive , tombe à mes pieds , me jure une ardeur éternelle.... Rien ne m'émeut ; je le repousse : je ne vous peindrai ni ses larmes , ni son désespoir.... Nous nous séparâmes.

Mon amour n'avoit rien perdu de sa force. Mais sitôt qu'Alexis pressa depuis ma main , ou porta fes lèvres fur les miennes, un friffon glacial parut éteindre mon amour. Rebuté fans ceffe, Alexis m'a quittée. En vain je le rappelle ; je me jette à vos pieds, ô Déeffe ! rendez-moi mon Amant, où je meurs.

Eglé, que fes blonds cheveux & fes grands yeux noirs faifoient remarquer, s'avança, quand fa Compagne eut ceffé de parler. Le malheur de Céphife m'a perdue, dit-elle : j'aimois le jeune & beau Cléon : en garde contre l'infidélité des hommes, je fuyois fes careffes. — Céphife, malheureufe par fes rigueurs, m'effraya : je craignis fon fort ; je voulus l'éviter : nous facrifiâmes à vos Autels, ô Déeffe ! Depuis ce jour je ne quittai plus mon Amant ; je le fuivois par-tout ; je le parois de fleurs & de guirlandes : dans les forêts, je portois fon carquois ; fur le rivage, j'étendois fes filets : la nuit, il étoit à mes côtés ; le jour, je volois dans fes bras : tantôt je l'entraînois dans une grotte fombre ; tantôt au fond d'un bois folitaire. Parloit-il à mes Compagnes, mon inquiétude & mes plaintes lui prouvoient mon amour. Effayoit-il une chanfon, un baifer lui fermoit la bouche. Abſent, il étoit obſervé : je ſavois toutes ſes démarches : préſent, je lui reprochois ſa froideur.

..... Peut - on, ô Déeſſe ! avoir plus fait pour un Amant ? Et cependant Cléon me quitte pour la folle Cloé qui l'écoute à peine, & rit de ſon amour : ô Vénus ! ... ne peut-on être heureuſe ſous ton empire ?

Une foule de Supplians & de Femmes plaintives parlèrent tour-à-tour. L'un beau comme Adonis, étoit inconſtant & perfide ; un autre étoit exigeant & groſſier. Celui-ci, ſuſceptible & trop délicat, ſe perdoit dans un tourbillon d'idées ſubtiles & de recherches enfantines : celui-là, plaintif & langoureux, exhaloit ſon amour en ſons harmonieux. Aſpaſie, Pédante Philoſophe, ne vouloit qu'ennoblir ſon être. Cléone aimoit, & le Maître, & l'Eſclave. La précieuſe Naïs ne pouvoit ſupporter un baiſer : tous étoient jaloux......

Vénus ſourit... *L'eſprit tue l'Amour*, leur dit-elle ; *la ſimplicité le nourrit*. Voyez ce couple heureux qui joue dans le Parvis du Temple : Næris a quatorze ans, Narciſſe en a ſeize.

Abandonnés à la douce nature, ils suivent sans réflexion la pente qui les entraîne ; ils ne sont soupçonneux, exigeans, ni jaloux ; leur imagination est nulle ; ils ne demandent pas à la rose l'éclat de l'œillet & la blancheur du lis ; ils se voient, palpitent, s'approchent, & sont heureux. Cette espèce d'amour n'existe, il est vrai, qu'à leur âge. Mais ne vous plaignez pas, Habitans de Cythère, j'adoucis pour vous seuls les Arrêts du Destin : ailleurs, on aime le tiers de sa vie pour haïr jusqu'à son dernier jour ; ici, votre sort est d'aimer, d'aimer moins, d'aimer encore : si quelqu'un préféroit l'indifférence, qu'il se retire..... Tous les Adorateurs de Vénus tombèrent à ses pieds. Je sortis seul.

Ni trop, ni trop peu.

Le Philosophe Anacharsis ne voulut pas quitter la Grèce pour aller rejoindre son frère Cadnidas, Roi de Scithie, sans avoir visité la Vallée de Tempé. Varron nous a conservé des

fragmens de son Voyage, que je vais donner
en François.

C'est Anacharsis qui parle:

Tout m'avoit étonné dans cette superbe Athè-
nes, & son Port, & ses Temples, & les murailles qui la défendent. J'avois vécu dans l'atte-
lier de ses Artistes, fréquenté ses Philosophes,
étudié les mœurs aimables de son Peuple, le
plus poli, le plus ingénieux de l'univers. Il
fallut la quitter, & ce fut à regret.

C'est dans cette seule Ville que l'homme
paroît dans toute sa force & dans tout son
éclat.

Je connoissois presque toute la Grèce; je ne
fis que la traverser: mais je m'arrêtai quelques
jours dans la délicieuse Vallée de Tempé. Le
Pénée la partage dans toute sa longueur, &
se perd dans la mer Egée, après avoir mêlé
ses ondes à celles de l'Hélicon. Le premier
objet qui me frappa fut le Temple de Jupiter.
Il s'élève au milieu d'une forêt de platanes,
de chênes antiques & de cyprès. Le laurier
qui se joint à ces arbres, retrace à la mémoire la touchante aventure d'Apollon & de

Daphné. Le Temple est de marbre ; ses portes
sont d'airain. Le sang des Victimes n'en souille
point le Parvis. La Statue du Dieu n'est point
armée d'un foudre menaçant. L'air imposant
du Souverain du monde disparoît sous l'hya-
cinthe, le narcisse, l'amaranthe & la violette,
qui forment sa couronne. Des Prêtres, de jeunes
gens habillés de lin, se joignent aux cœurs
de jeunes filles qui, par leurs chants d'allé-
gresse, célèbrent les bienfaits de Jupiter & leur
reconnoissance.

En quittant le Temple & les bois qui l'entourent, des gazons toujours frais vous con-
duisent aux pieds du Mont Olympe. Il s'élève
jusqu'au-dessus des nuages. L'Autel de Jupiter,
qui le domine, est à l'abri des foudres & des
orages. Un pouvoir surnaturel le préserve des
outrages du tems. Du pied de cet Autel l'Ossa,
le Pélion, antiques Monumens de l'orgueil des
Géans, la Macédoine, la Tessalie, le lac Bæbis
& la vaste étendue des mers étonnent le Voyageur . . . . Mais, malgré ce sublime spectacle,
il est toujours ramené vers la délicieuse Vallée
de Tempé, qui, comme un Jardin cultivé,

ſe déploie agréablement à ſes yeux . . . . . .

L'Olympe eſt compoſé d'une maſſe énorme de rochers dépouillés & menaçans, au milieu deſquels on rencontre des bois , des boſquets , des fontaines ; des antres creuſés dans le roc. La variété des effets de lumière , le bruit des caſcades , le chant de mille oiſeaux , le ſaint reſpect qu'inſpire la préſence éternelle des Dieux qu'y voit l'imagination , varient à l'infini les ſenſations de l'homme aſſez hardi pour le parcourir. On en deſcend par une pente aiſée , par des ſentiers de verdure ; on ſe repoſe ſur des gazons , tant de fois animés par la préſence des heureux Habitans qu'Apollon lui-même éclaira , qu'il inſtruiſit pour le bonheur, auxquels il apprit l'art de ſentir & de chantei la nature. Ici l'on voit fumer l'encens des ſacrifices ; plus loin des Chœurs de jeunes gens & de jeunes filles danſent au ſon de la lyre que leur légua le Dieu de la Poéſie... Sous ces feuillages entrelacés les apprêts d'un feſtin occupent une troupe joyeuſe... Des Vieillards, couronnés de laurier, aſſis ſur des rochers couverts de mouſſe, recommandent à ceux qui

les entourent le respect pour les Dieux , &
l'amour de l'humanité, tandis qu'une musique
enchanterefle fe fait entendre fur le Pénée dans
des bateaux couverts de fleurs & de guirlandes , & retentit au loin dans les Vallons.

Avec quelle joie douce je contemplai ce
Peuple fortuné que l'ambition n'a jamais cor-
rompu ! La fimplicité de fa vie me toucha.
Que je fouffris d'abandonner fes Campagnes
riantes. Je renonçai vingt fois au projet de
porter dans ma fauvage Patrie les arts que
j'empruntois à la Grèce ; mais l'amour de l'humanité l'emporta : je m'éloignai, tournant les
yeux vers le féjour où je me promis d'achever
ma carrière quand la froide vieilleffe me ren-
droit inutile à mes Compatriotes. Je remontai
jufqu'à Gonne par un chemin coupé de mille
ruiffeaux , qui , defcendant en cafcade des
Sommets de l'Olympe, vont groffir les eaux
du Pénée.

Je vis par-tout l'image du bonheur. Le
Ciel étoit plus pur , l'eau plus limpide , la
terre plus fleurie ; l'air étoit plus fubtil que
dans le refte de la Grèce ; les plaines & les

prairies

prairies m'offroient une multitude d'enfans &
de vieillards heureux , les uns, par le repos ,
les autres par la vivacité de leurs jeux.....
Des grottes , des bofquets de mirthe & de
lauriers cachoient les jeux de la jeuneffe , &
déroboient aux yeux des fcènes plus intéreffantes.

Enfin j'entrai dans Gonne. On s'y préparoit
à la Fête annuelle qui s'y célèbre de tems
immémorial. En voici l'origine.

Les Pélages , nouveaux Habitans de l'Hémonie , faifoient un facrifice à Jupiter ; un Etranger
nommé Pélorus l'interrompit. —— Il annonça
qu'un tremblement de terre avoit féparé les
montagnes voifines ; que les eaux du Tempé ,
marais fétide, s'étoient écoulées dans le fleuve
Pénée ; qu'une grande & belle plaine le remplaçoit. —— A cette heureufe nouvelle , les
Pélages tranfportés , invitent l'Etranger à s'affeoir à leur table ; s'empreffent à le fervir :
ils permettent à leurs Efclaves de fiéger à fes
côtés : la joie fut générale.... La nouvelle
plaine fut cultivée , fe peupla , s'embellit ; fes
Habitans témoignèrent , par un facrifice , leur
reconnoiffance à Jupiter , qu'ils nommèrent

Pélorien ; & le jour de cette Fête qui se renouvelle tous les ans, les Esclaves ont une entière liberté, & font servis par leurs Maîtres.

Je ne pus assister à cette sainte & joyeuse cérémonie.... Je partis de Gonne au lever du soleil, & regagnai les tristes forêts de la Scithie......

———

Je me repens de ma foiblesse ; je serois peut-être un grand homme. J'avois d'heureuses dispositions en sortant du Collége ; je lisois aisément Tacite, Perse, Juvenal & Ciceron, la langue d'Homère ne m'étoit point inconnue ; j'avois fait deux plans de Comédie, trois actes d'une Tragédie, l'invocation d'un Poëme Epique, &c. quand mes Parens m'achetèrent une Compagnie de Cavalerie & me forcèrent à quitter pour trois mois la Capitale. J'aimai, mais comme un fol, une femme étourdie qui dérangea tous mes projets, changea mes goûts, métamorphosa, disoit-elle, un pédant en homme aimable ; je lui dois ma fatuité, mes ridicules, mon ignorance & mes succès. —— Ma

vie n'eſt pas chargée de grands évènemens ;
voici mon Hiſtoire en deux mots : mon nom
me fit réuſſir à la Cour, & mes ſottiſes auprès
des femmes.

Las d'une vie trop agitée, voulant rétablir
ma fortune qui ſe détruiſoit, j'obtins un congé
de ſix mois ; je réſolus de les paſſer dans ma
Terre de.... en Normandie. J'y fus témoin
d'un évènement que je voudrois tranſmettre
à mes Contemporains, à la poſtérité. —— Mais
— comment faire ? Ah, ſi j'avois la plume
des.... quels détails, quel pathétique, quelle
philoſophie ! j'arracherois des larmes de ſang
à mes Lecteurs ; la mère la plus facile défen-
droit déſormais les Romans à ſa fille, &
nous verrions huit à neuf mille Ouvrages de
ce genre brûler comme la fameuſe Bibliothèque
du Chevalier de la Manche.

Pendant l'abſence de ſon mari, un des
principaux Officiers de l'armée de R..., la
Marquiſe de... vivoit à... joli Château ſur
les bords de... C'étoit une femme de 24 ans,
pleine d'eſprit & de graces, mais folle à
l'excès. Ses lectures, qu'elle prolongeoit dans

la nuit, un fang qui s'enflammoit dans la
retraite ; une imagination propre à créer tous
les fantômes, une tête trop foible pour les
détruire, firent fon malheur. Je la vis chez
une de mes Parentes ; elle me parut, en moins
d'une heure, gaie jufqu'à la folie, fombre
jufqu'au fpleen : rien de plus fleuri que fa
converfation, de plus fubtil que fes idées,
de plus vif que fes mouvemens avant qu'on
fe mît à table ; on en fortit, une douce mélancolie combinoit tous fes traits, régloit fes
geftes ; des larmes mouilloient fa paupière,
fa démarche étoit lente & molle ; elle s'affit,
rêva long-tems & devint fombre comme le
Comte Ugolino quand il entendit fermer les
portes de fa prifon.

À quinze ans cette femme m'eût fait tourner
la tête. Un tel être ne peut être aimé qu'avec
fureur par un enfant ; j'avois trente ans, je
pris du goût pour elle, je réfolus de la voir
auffi fouvent que fes caprices ou fes accès me
le permettroient ; c'étoit charmer ma folitude,
c'étoit chaffer l'ennui d'une vie monotone :
il me parut piquant, d'ailleurs, de voir fe

développer le plus bizarre , le plus fol , mais le plus neuf, le plus brillant caractère que j'eusse apperçu.

Si le moindre propos , une simple réflexion, la vue d'un tableau changeoient les impreſſions de cet Etre mobile ; jugez de l'effet de ſes lectures. Sa Bibliothèque étoit nombreuſe & bien choiſie. Elle avoit lu les Poëtes , les Phi-loſophes , les Métaphyſiciens, les Alchymiſtes , quelques Extraits de Delrio , de Cardan , de Paracelſe ; le Comte de Gabalis , quelques Livres de Médecine ; ces derniers augmentèrent ſes vapeurs ; mais les Romans étoient ſes Livres favoris. Trois Amans , parmi la foule de ceux qui la recherchèrent , éblouirent ſon imagina-tion ; l'un , à l'aide d'une échelle de corde , s'introduiſit chez elle par une fenêtre dans une belle nuit d'automne ; l'autre s'y fit porter dans un coffre ; un Touloufain ſe déclara dans un Confeſſional , ſous l'habit d'un Dominicain : elle ſe crut Françoiſe avec le premier, Turque avec le ſecond, Eſpagnole avec le troiſième.

Quand je la connus elle vivoit en Grèce ; Iſmène , Iſménias ; Théagène & Chariclée ;

Phérécides & Mélangénia l'occupoient ; elle
lifoit Anacréon, Bion, Mofchus & Sapho ; fes
cheveux étoient noués comme ceux de Laïs ou
d'Afpafie ; fa robe à larges plis flottoit au gré
des vents ; elle préparoit des bouquets & des
couronnes comme Glycère ; elle erroit dans la
riante vallée de Tempé, fe promenoit dans des
bateaux ornés de fleurs & de guirlandes, fur
les ondes tranquilles du Pénée ; elle voyoit
l'Offa, l'Olympe & le fommet du Pélion, les
Mufes, les Graces, Appollon, toute la Cour
célefte.

Ma première converfation avec elle fut
bizarre ; nous examinâmes fi Laïs devoit préférer l'élégant Ariftipe au Cynique Diogène ;
fi malgré fes voyages & fes funeftes aventures
Abrocome pouvoit, avec bon fens, croire à
la vertu d'Anthia. Elle fit vingt differtations
fur le Mont Hymette, fur l'Oracle de Tro-
phonius, fur le Temple & les Myftères d'Eleu-
fis, & s'arrêta long-tems chez les Bergers
d'Arcadie ; rien n'approchoit du jeu de fon
imagination, de fa prodigieufe mémoire & de
l'élégante propriété de fes expreffions.

Je la vis chez elle avec affiduité : elle trouva
mon langage précieux ; les prétendues graces
de la Cour de France, cette éternelle agita-
tion, cette démarche précipitée, ces mouvemens secs & rapides dont j'avois contracté
l'habitude lui déplurent ; elle me badina, me
déconcerta, me piqua ; mais avec réserve : elle
entreprit de me rendre à la simplicité. Je sentis
l'ascendant de son génie ; je me prêtois à tout,
heureux de la voir & de l'entendre ; car elle
étoit belle comme . . . . chantoit comme . . . .
& parloit comme . . . . .

Je commençois à faire quelques progrès sur
son esprit à l'aide de mauvais vers Anacréon-
tiques, d'un enthousiasme outré pour la Patrie
des Alcibiade & des Périclès ; je fis construire
un petit Temple où nous allâmes ensemble sa-
crifier aux Graces : à la suite d'une jolie fête
je la menai dans la grotte des Nymphes ; (elle
lisoit alors Daphnis & Cloé) je fus plus en-
treprenant, moins sot que le Berger, elle fut
plus sévère que la Bergère ; le feu de mes
regards, l'impertinence de mes gestes la cho-
quèrent ; elle vit avec chagrin que j'avois perdu

l'innocence, que mon cœur n'étoit pas un cœur neuf, que je n'avois pas besoin des leçons du vieux Philétas. Plus sage, j'aurois dû la laisser agir, ne rien brusquer, suivre sa marche, obéir à ses mouvemens, poser en soupirant les lèvres sur la flûte qu'elle eût essayée, ne me servir que d'expressions mignardes ; j'agis en étourdi.... Toute illusion fut détruite ; la Marquise me repoussa, s'enfuit en riant d'une manière convulsive, d'un rire de vapeurs de l'habillement enfantin qu'un Berger de trente ans avoit adopté pour lui plaire.

Je fus huit jours sans la revoir ; elle s'enferma dans sa Bibliothèque, & ne vit personne ; mon amour-propre étoit blessé ; sous quelle forme m'offrir à ses yeux, quel langage employer après une aussi longue absence ; quel livre l'occupoit, dans quelle région erroit son imagination déréglée ? Je résolus d'attendre & de me taire.

Elle me reçut d'un air assez sérieux, mais simple ; blâma la manière brusque & le rire moqueur dont elle avoit accompagné sa fuite. — Cher Comte, ajouta-t-elle, nous ne con-

venons pas comme Amans ; foyons Amis : **vous**
avez mille qualités eftimables ; vous êtes d'un
âge mûr ; j'ai befoin d'un confeil ; j'ai befoin
d'un appui ; de quel péril n'eft-on pas entouré,
& comment, fans fecours, échapper à l'active
imprudence de ces perfécuteurs qu'on nomme
Amans ? Ils vous obsèdent, vous pourfuivent,
pénètrent par-tout, forcent les barrières, bri-
fent les grilles & les verroux, tombent des
nues. —— Je vis qu'une nouvelle folie déran-
geoit fon cerveau. Ses derniers mots me tranf-
portèrent dans la région célefte : je ne doutai
pas qu'un Sylphe ne fût l'objet de fon nouvel
amour. Je me trompois.

Depuis les Aventures des C... des D...
des G... depuis Gil Blas, la Nouvelle Hé-
loïfe, Thérèfe Philofophe, la Comteffe des
Barrés, le Bachelier de Salamanque & le Lord
Impromptu, & les Mémoires de Jean-Jacques,
il n'eft pas de Chanteur, de Maître de Mufique, de Précepteur, d'Abbé, de Moine, de
Laquais ftylé qui ne prétendent aux faveurs
de la femme qui les applaudit ou les reçoit.
Les démarches d'un homme du monde ont un

éclat qui trouble ; ils arrivent quand on ne les attend pas ; ils font exigeans, jaloux, tyrans, & fouvent indifcrets, &c. La Marquife, par une fierté naturelle, étoit à l'abri de l'audace de fes gens ; mais fon imagination étoit perdue, fa raifon égarée ; la lecture des livres que j'ai cités produifit fur elle l'effet d'un goût dépravé. Elle fe perfuada qu'un efpèce de Valet-de-Chambre Domeftique, Sommellier, Factotum, qu'elle avoit depuis un mois, étoit un Amant déguifé. Sa maigreur, fes yeux fombres, enfoncés, fon vifage décoloré étoient pour elle la fuite de fa mélancolie & d'un amour violent qu'il concentroit avec effort. S'il erroit dans des Bofquets écartés pour y joindre la Suivante Marton, la Marquife s'en éloignoit avec difcrétion pour ne pas troubler fes penfées folitaires ; s'il furetoit dans fes appartemens, dans l'intention d'enlever fa caffette & fon écrin, il avoit le projet de s'y cacher jufqu'à la nuit, réfolu de fe déclarer ; mais le refpect l'arrêtoit : ivre, un excès d'amour altéroit fa raifon ; pareffeux, il n'avoit pas fermé l'œil ; fon oreiller devoit être baigné de larmes.

Un évènement affez bizarre confirma la Marquife dans fa folle opinion. Mons La Fleur
lifoit des Romans, & s'occupoit, pour briller
dans les Antichambres, à copier des paffages
de fes livres ; il apprenoit par cœur des Vers,
des Sentences & des Déclarations d'Amour à
la manière antique. (J'en connois une, par
parenthèfe, de foixante feuilles *in*-4°. dans
laquelle Cicéron eft cité deux cents quarante
fois, & Platon cent cinquante (1). Un vieux
Roman lui tomba fous la main : un Prince
nommé Polexandre, vivant déguifé chez fa
Maitreffe, écrit la Lettre fuivante à Corafmin,
fon Confident.

» Cruel & fatal amour, en quel état, hélas !
» m'as-tu réduit ! Se peut-il, avec ma naif-
» fance & cette ame fière, que mes Ancêtres
» avec la vie ont tranfmife dans mon fein ;
» fe peut-il que je fois réduit à la pofition
» déplorable dans laquelle je languis nuit &

---

(1) *Voyez* l'Amant reffufcité de la mort
d'Amour.

» jour depuis trente lunes, car le foleil ne luit
» pas pour moi. L'infenfible ! je la vois tous
» les jours ; mes yeux fe fixent amoureufement
» fur elle ; elle entend mes foupirs & ne daigne
» pas jetter fur fon Efclave un regard de pitié !
» Que faire, ô mon cher Corafmin ? Parler à
» l'inhumaine ; je l'effayai vingt fois, & mes
» paroles expirèrent fur mes lèvres brûlées. Ce
» n'eft pas au fimple mortel à fe déclarer aux
» Déeffes. Ecrire, comment tranfmettre au froid
» papier, à l'aide de l'encre infenfible, le feu
» qui confume mon cœur. Il vaut mieux
» mourir, Corafmin ; c'eft un parti plus fage ;
» mes cendres auront la douce confolation d'être
» au moins arrofées de fes larmes divines, &c. «

Le Prince POLEXANDRE.

Cette Lettre, faite pour éblouir un Laquais,
avoit été copiée par La Fleur ; elle étoit dans
fon porte-feuille ; il la portoit toujours fur lui.

La Marquife impatiente, attendoit une tar-
dive déclaration. La Fleur, coupable dans fon
amour pour Marton, coupable par le deffein
de voler fa Maitreffe, par fon trouble, fon
embarras,

embarras, par vingt gaucheries, confirmoit la Marquife dans fon opinion. Sa patience eft à bout ; elle réfout de s'éclaircir, imagine cent moyens, furprend le porte-feuille de La Fleur, y trouve la Lettre du Prince Polexandre ; elle ne doute plus que fous un nom fuppofé, le plus difcret, le plus tendre des hommes ne cache l'amour le plus violent. —— Sa raifon s'égare ; elle ne fe contient plus ; le jour elle obsède fon Amant prétendu ; la nuit elle croit l'entendre ; le moindre bruit l'annonce ; elle fe lève, écoute, fe recouche, fe relève, & retombe accablée. On frappe ; elle vole à fa porte, & ce n'eft pas le Prince Polexandre.

C'en eft fait.... L'intéreffante Pfyché, la tendre Amante d'Izaïe le Trifte, Armide, Herminie, les Héroïnes de l'antique Chevalerie, la déterminent. Le filence & la nuit la fervent ; elle monte, héfite, entr'ouvre la porte en tremblant, la pouffe ; La Fleur croit entendre Marton qu'il attend ; fe précipite, l'enlève... Polexandre alloit être heureux : mais une expreffion peu galante, un feul mot échappé rompt le charme. La Marquife s'arrache des

G

bras du Prince. —— Marton paroît une lampe à la main ; La Fleur reconnoît sa Maitresse : Da...., Da....; quelle situation !... La Marquise s'évanouit ; on la porte sur son lit ; elle revient à la vie. Le Prince & la Suivante ont pris leur parti. Polexandre se charge de la cassette, Marton enlève l'écrin ; la Marquise veut les arrêter ; on la pousse avec violence ; elle tombe.... morte... Ah ! Da... Da...!

Il est grand jour ; on monte ; à peine la Marquise respire. Un Chirurgien la saigne ; elle se réveille & croit avoir rêvé. Son erreur est bientôt détruite.... La Maréchaussée vient d'arrêter le couple qui fuyoit. —— Tout va se découvrir. —— Je suis mandé ; j'accours.... J'arrête les pourfuites ; Marton est enfermée sans bruit ; le Prince est conduit à Bicêtre ; la tête de la Marquise se calme insensiblement ; les Romans perdent leur crédit. —— Mon congé finit ; je pars, & n'oublierai jamais l'histoire du nouveau Daphnis & du Prince Polexandre.

A présent, Messieurs des Romans, convenez qu'il est malheureux qu'un sujet aussi fécond

foit tombé dans d'auffi mauvaifes mains : mettre
en quatre feuilles une Aventure dont les détails euffent aifément fourni deux volumes à
vos plumes exercées : nuire au Libraire qui
les eût vendus ... Il étoit fi facile de décrire,
d'une manière piquante, les trois Aventures
indiquées dans les premières pages ; de donner
une longue defcription de la terre 'embellie par
la folie de la Marquife ; de multiplier les erreurs comiques de cette femme intéreffante ;
de femer de quelques dialogues ce froid récit,
ce trifte extrait.... Hélas !... Pauvres Ecoliers que nous fommes... Les gens du monde
peuvent trouver un diamant ; les feuls....
favent le tailler & le polir.

AVERTISSEMENT.

IL seroit intéressant d'avoir une histoire détaillée de la vie & des écrits des Troubadours. On pourroit peindre l'influence de ces Poëtes sur leur siècle & sur l'esprit national : des occupations plus graves m'empêchent, dans ce moment, de me livrer à ce travail.

La Notice que je donne au Public n'a de mérite que celui de rapprocher des traits épars dans Fauchet, Pasquier, Nostradamus,

AVERTISSEMENT.

Lacurne de Ste - Palaye , M. Le Grand , M. l'Abbé Millot. C'est un travail que j'offre à la pareſſe, & qui , par conſéquent , doit plaire à tout le monde.

Je n'ai pas dit un mot de la querelle qui règne & qui ſe ſoutient avec tant d'eſprit ſur les Troubadours & les Trouvers.

Outre les grands Ouvrages que je viens de citer , on peut conſulter , ſur les Troubadours, l'Hiſtoire du Théâtre François , qui parut en 1735 ; l'Abbé de Marcy ; le Diſcours ingénieux de M. Sautreau de Marcy , à la tête d'un choix de Contes qui parut en 1774, chez DE LALAIN; les Difcuſſions intéreſſantes que nous avons lues dans les derniers Mercures, & quelques Mémoires de l'Académie des Inscriptions.

NOTICE

SUR

LES TROUBADOURS.

ON nomma Troubadours, Trouveors ou
Trouvers, les premiers Poètes Provençaux ;
Chanteurs, ceux qui chantoient leurs vers ;
Jongleurs, ceux qui les accompagnoient fur
différens inftrumens. Les Conteurs compofoient
des profes hiftoriques & romanefques : tous
ces Etres réunis alloient de Cour en Cour,
de Châteaux en Châteaux, exécutant leurs pro-
ductions. Les Princes les accueilloient, les com-
bloient de préfens ; les Belles les arrêtoient par

des sacrifices plus précieux : on ne croyoit pas pouvoir aſſez récompenſer des hommes qui joignoient au courage, à la beauté, tous les dons de l'eſprit, & qui ſur-tout verſoient avec tant d'art le doux poiſon de la flatterie.

Les jeux des Troubadours & des Jongleurs ont eu lieu chez tous les Peuples, chez les Nations les plus barbares, dans les Pays les plus policés. On les voit ſous différens noms aux repas des Sauvages, aux feſtins ſomptueux des Souverains de l'Inde, de la Perſe & de la Chine. Demodocus, par ſes vers & ſa lyre, enchante Ulyſſe & la Cour frugale d'Alcinoüs. Thimothée paroît à la table d'Alexandre, & ſes chants font paſſer ce Héros de la débauche à l'amour, de l'amour à la colère, de la colère à la fureur, pour le remettre enfin dans ſon état naturel. Le Philoſophe Farabius en Syrie, chez le Sultan Seisfed-Doulat, exécute quelques morceaux de ſa compoſition : tous les Courtiſans & le Prince ſont ſaiſis d'un rire convulſif ; il change de mode, les larmes coulent de tous les yeux : il finit par plonger ſes Auditeurs dans le plus doux ſommeil.

Nous avons trois ou quatre mille ans de foibles obfervations, & nous ofons nommer les Inventeurs des Arts : nous retrouvons partout les mêmes ufages, & la manie des fyftêmes veut que tout Ecrivain nomme leur berceau, les faffe paffer de Royaume en Royaume, de climats en climats, décrive leur marche avec exactitude, les fuive pas à pas fans interruption : delà les erreurs multipliées des Ecrivains qui font naître une coutume dans la Baffe-Bretagne & la conduifent chez les Efquimaux ; des dogmes en Afie, pour les établir en Nowège ; les lettres chez les Gaulois, pour les tranfporter en Phénicie.

Sans rapporter ici les chimères de l'ancienne Poéfie, fans parler des Poètes demi-Dieux, des Orphées, des Linus dont l'exiftence eft conteftée, il eft certain qu'Homère cite des Poètes qui vivoient avant lui. Une lecture attentive des premiers Hiftoriens & des Scholiaftes en fait connoître plus de cent. Ces Poètes avoient été précédés par d'autres Poètes.

Tout homme, fenfé & méthodique, dès qu'il veut chercher une origine, fe perd dans la nuit des tems. La vérité abfolue que nous ne connoîtrons jamais y repofe. Banniffons la folie des fyftêmes qui n'admet pas l'incertitude. Raf-femblons quelques faits vraifemblables. Le fort de l'homme eft d'ignorer.

Les Troubadours polirent & perfectionnèrent la langue Romance. Elle s'étoit formée du mê-lange des langues Celtiques, Teutoniques & Latines. Dès l'an 528, on en voit des frag-mens dans l'hiftoire ; de jeunes filles chantoient dans les Eglifes des chanfons & des cantiques, mêlés de latin & de françois ruftique. La langue latine, protégée par Charlemagne & par Louis le Debonnaire, s'oppofa long-tems aux progrès de la Romance. Vers l'an 1150, celle-ci prit le deffus : le latin fut confiné dans les Colléges jufqu'au quinzième fiècle.

Danté, Pétrarque, Bocace, Picardus de Prifca, conviennent que la langue Italienne emprunta toutes fes beautés de la langue Pro-vençale ou Romance. Crefcembini foutient que les Italiens prirent chez les Provençaux la Gram-maire, l'Art Oratoire & l'Art Poétique. Lo-dovico Dolcé, dans fon Apologie de l'Ariofte, dit que ce fameux Poëte a profité de la langue Romance, comme l'ont fait tous les Poëtes Toscans, ses Prédécesseurs. L'Université de Paris, la seule dans le douzième siècle dont la réputation s'étendit dans l'Europe, attiroit une foule d'Ecoliers étrangers. Danté, Bocace s'y formèrent. Delà cent manières de parler toutes Françoises qu'on remarque dans leurs écrits ; delà ces expressions heureuses qu'ils empruntèrent à nos vieux Poëtes. Nos vieilles Chroniques & nos Fabliaux fournirent à Bocace la plupart des Contes dont il embellit son Recueil. L'Italie Poëtique doit tout à Thibault, Comte de Champagne ; à Gacez-Brulez au célèbre Arnaud Daniel, au tendre & malheureux Châtelain de Coucy.

Sous Hugues Capet, les grands Seigneurs s'étoient partagés le Royaume ; ils vivoient dans une espèce d'indépendance, ne s'associoient à leur Roi que pour prendre part au butin fait sur ses ennemis ; ne vivant point à sa Cour, ils jouissoient, dans leurs Provinces, de tous les droits des Souverains. On remarquoit surtout Richard, Duc de Normandie ; Hébert,

Comte de Champagne & de Brie; Thibault,
Comte de Chartres, de Blois & de Tours;
Guillaume, Duc de Guines & Comte de Poitou,
Geoffroy, Comte d'Anjou, & Beranger,
Comte de Provence, du Languedoc & de la
Catalogne. C'est à la Cour de ces Princes que
les Troubadours, les Conteurs & les Jongleurs,
se firent sur-tout connoître. Ils n'employèrent,
par un trait de flatterie assez délicat, que la
langue Romance, persuadant à ces petits Souverains que, riches de leur propre fonds, ils
devoient dédaigner tout secours étranger. ——
Bientôt leur réputation s'accrut; elle fut à son
comble en 1152, sous Frédéric I; se soutint
jusqu'en 1382, c'est-à-dire, quarante ans après
l'institution des jeux floraux à Toulouse; se
détruisit insensiblement après la mort de Jeanne
de Sicile, Comtesse de Provence. Louis I son
fils, Louis II, dédaignèrent la Poésie; alors
les bons Troubadours n'existant plus, les Jongleurs, ne contant que de vieilles Fables, n'in-
ventant rien qui fût digne d'être écouté, tombèrent dans le mépris; leur nom devint une injure;
métamorphosés en vils Bateleurs, ils exécu-

tèrent,

tèrent, dans les Carrefours, de plats dialogues, firent danfer des finges & des ours.
Dans le tarif fait par Saint-Louis fur les péages,
tout Jongleur fut difpenfé des droits d'entrée
en chantant un couplet, ou en faifant danfer
fon finge; delà le proverbe payer en gambade,
en monnoie de finge.

De graves Auteurs fe trompent. Guillaume,
Comte de Poitou, né en 1070, mort en 1122,
ne fut pas le premier des Troubadours. L'hiftoire parle de ces Poëtes long-tems avant cette
époque. Conftance, fille du Comte d'Arles,
époufa Robert, Roi de France; elle fut fuivie
d'une foule de *Troubadours* qui plurent, &
méritèrent les faveurs des François. Henri II,
Empereur, qui mourut en 1056, les chaffa de
fa Cour, & fit diftribuer aux pauvres les fonds
qui leur étoient deftinés. On peut donc reculer
l'époque de leur origine. On a prétendu que
Philippe-Augufte chaffa les Troubadours dès la
première année de fon règne. Fauchet qui doit,
en matière d'antiquités, obtenir une créance
entière dit que » les victoires de Philippe-
» Augufte en attirèrent un grand nombre, ainfi

H

» qu'il se voit par les Romans , la plupart com-
» posés de son tems ou de Saint-Louis , son
» petit-fils «.

La qualité de ces Poëtes augmentoit le respect qu'on avoit pour eux. Thibault , Comte
de Champagne , Raoul , Comte de Soissons,
Pierre Mauclerc , Comte de Bretagne , Charles
d'Anjou , frère de St-Louis , les deux Empereurs Frédéric I & II , Richard , Roi d'Angleterre , les Comtes de Poitou , de Toulouse
& de Provence , la Comtesse de Die , plusieurs
autres Princes & Rois ne dédaignèrent pas le
titre de Troubadours. Ils se couvroient de gloire
sur les champs de bataille , dans un Tournoy ;
rendoient par leurs chansons hommage à la
beauté , également propres aux travaux de Mars ,
aux jeux de Vénus & d'Apollon.

Ils composoient des Sonnets , des Pastora-
les , des Chansons , des Syrventes & des Tensons. Les Syrventes étoient des Satyres contre
les Empereurs , les Rois , & même les Ecclé-
siastiques. Les Tensons étoient des disputes
d'amour. Si la question qu'ils examinoient étoit
trop difficile à résoudre , ils consultoient la

Cour d'Amour. Il en exiſtoit en Provence, en Languedoc, dans la Guienne & dans le Dauphiné. Les Arrêts de ces Cours étoient ſans appel ; il falloit s'y ſoumettre avec reſpect : malheur à l'Amant diſcourtois qui, ſans raiſon, quittoit ſa Dame ; malheur à la femme injuſte qui faiſoit trop languir celui qu'elle adoptoit pour Chevalier. Là le menſonge ſurtout étoit puni, la franchiſe exaltée, la coquette étoit déshonorée ; la femme galante excuſée, toutes les fautes qui ſervoient l'amour & ſes foibleſſes trouvoient des défenſeurs zélés : l'inſenſibilité paſſoit pour le plus grand des crimes.

Les cruautés dont les Troubadours ſe plaignent dans leurs écrits ne démentent pas ces aſſertions. Leurs vers couroient de Province en Province ; la Dame de leur penſée étoit connue : ne pas ſe plaindre des froideurs de ſa Belle, c'étoit avouer ſes faveurs ; ils peignoient des rigueurs qu'ils n'éprouvoient pas par un raffinement de délicateſſe.

Les plus célèbres Cours d'Amour ſiégeoient à Pierre-Feu, à Romanin ; à Signe on nous

H 4

a confervé les noms de leurs principaux Juges ;
ils étoient au nombre de dix.

Eftéphanette des Baulx, fille du Comte de
Provence ; Adalazie, Vicomteffe d'Avignon ;
Adalette, Dame d'Ongle ; Hermyffende, Dame
de Pofquières ; Bertrande, Dame d'Urgon ; Ma-
bile, Dame d'Yères ; la Comteffe de Die ; Rof-
tangue, Dame de Pierre-Feu ; Bertrande, Dame
de Signe ; Jaufferande de Clauftral ; étoient
Préfidentes des différentes Cours d'Amour.

En lifant les Arrêts qu'elles prononcèrent,
dont on a recueilli quelques fragmens dans un
livre qui nous eft parvenu, en parcourant
nos anciens Ecrivains, on prendroit une idée
complette des mœurs & de l'efprit des Troubadours.

On les verroit errer de Cour en Cour dans
une efpèce de délire, réalifer les fcènes de Don
Quichotte & du Berger extravagant ; guidés
par un mélange d'idées guerrières, amoureufes
& myftiques, on les verroit célébrer à la
fois, Mars, Vénus & Jefus-Chrift ; décrire des
combats, des proceffions, des joûtes amoureufes ; prêcher la pudeur ; la débauche & la

religion : on les verroit amoureux à l'excès d'une Belle inconnue, fuyant la poffeffion paifible d'un objet réel, appliquant à l'amour les idées fubtiles des Théologiens du fiècle dernier.

On trouveroit dans leurs écrits peu de goût, de la chaleur, quelques defcriptions agréables de la vie champêtre, & fur-tout une bifarrerie qui plaît par fa gaieté, par la fecouffe qu'elle donne à l'imagination. Heureufe faculté qu'ils poffédoient, que nous avons malheureufement perdue. On y reconnoîtroit la fource de ces bons Contes auxquels nous avons fubftitué de plats bons mots ; & de ces chanfons, aimables enfans de l'amour & du vin, qu'ont remplacés nos *chants méthodiques*, nos airs de bravoure & l'ennui.

Quelques Extraits de leurs Ouvrages & de leurs Hiftoires les feront mieux connoître.

Guillaume IX, Comte de Poitou, avoit enlevé Malberge, femme du Vicomte de Châtelleraud ; il l'époufa. L'Evêque de Poitiers, prêt à l'excomunier, commençoit déja la formule. Guillaume, l'épée à la main, menace

la vie de l'Evêque, s'il ne l'abfout. A l'inftant
celui-ci demande un moment, s'éloigne, acheve
de prononcer l'excomunication, & préfente fa
tête au fer du Comte : » Non, dit Guillaume,
» je ne t'aime pas affez pour t'envoyer au Ciel;
» —— va-t-en en exil «.

En allant du Limoufin dans l'Auvergne,
Guillaume rencontra deux Dames fraîches &
jolies; l'une fe nommoit Agnès, & l'autre
Emalette : Garin & Bermond, leurs maris,
étoient abfens. Le Comte s'approche; leur fait
demander l'hofpitalité par fon Ecuyer; feint
d'être fourd & muet; leur témoigne, par des
geftes pleins de nobleffe & de feu, tout le
plaifir que leur afpect lui caufe : on fe rend
au Château. Les Dames ne craignant point
l'indifcrétion de leur Hôte, sûres de n'être
point entendues, vantent fon air intéreffant,
l'élégance de fa taille, la beauté de fes traits;
fe permettent, en foupant, mille expreffions
libres & libertines; concluent qu'on peut,
fans inquiétude, avoir pour lui des complai-
fances. On lui fait quelques avances innocentes;
on invente, pour fe rapprocher, quelques petits

jeux enfantins ; le Comte s'y prête avec vivacité ; déploie toutes les graces de sa personne ; tâche, par l'expreſſion de sa phyſionomie, de déterminer la bonne volonté de ces Dames. Une idée ſubite les effraie : mais s'il nous trompoit, dit Agnès ! Les jeux ceſſent ; on ſe retire ; le Comte ſe couche déſolé du ſoupçon qu'on a conçu, accuſant ſa mal-adreſſe ou ſes tranſports.

Pour dernière épreuve, nos belles méfiantes avoient fait cacher dans ſon lit un chat furieux. Dès que le Comte s'y fut placé, vingt coups de griffes le déchirèrent. Il ſoupçonne le deſſein de ces Dames ; pas une plainte, pas un mot ne le trahiſſent ; elles entrent alors en riant, & lui donnent à l'envi les plus fortes preuves de confiance.

Guillaume termine ce Conte, qu'il écrivit lui-même, par un envoi à ſon Jongleur. Il le charge de le préſenter à la tendre Agnès, à la vive Ermalette, & ſur-tout de les engager à ſe défaire de leur maudit chat.

Dans une de ſes Pièces, le Comte de Poitou rappelle ſes bonnes fortunes ; il en rend graces à Dieu, à Monsieur Saint-Julien ; ce dernier étoit alors *le Patron des bons tours.*

Geoffroy Rudel étoit Prince de Blaye, près de Bordeaux. Tripoli, en Palestine, avoit été pris par les Chrétiens l'an 1109, érigé en Comté par Bertrand de Toulouse, fils du Comte Raimond Gilles : cette Ville appartenoit aux Chrétiens, lorsque la renommée d'une Comtesse de Tripoli vint échauffer l'imagination de Geoffroy Rudel. Il ne peut vivre sans la voir ; nul danger ne l'effraie ; il prend la Croix, s'embarque : les chansons qu'il composa pour cette Belle qu'il n'avoit pas vue, sont brûlantes d'amour. La passion qui fermentoit chez lui l'accable, le réduit à l'extrémité ; on le porte expirant au rivage ; son Ecuyer va tristement avertir la belle Comtesse du motif du voyage de son Maître. Elle veut voir l'infortunée victime d'un amour si pur ; elle l'embrasse ; il ouvre un œil mourant ; expire entre ses bras, bénissant le Ciel de lui avoir accordé le seul bien qu'il desirât au monde. La Comtesse le fit enterrer pompeusement chez les Templiers de Tripoli ; le même jour elle s'enferma dans un Cloître,

fans doute au défefpoir d'avoir perdu l'Amant
le plus difficile à remplacer.

Noftradamus fait mention d'un dialogue fur
cette queftion : » Lequel contribue le plus effi-
» cacement à faire naître l'amour du fentiment
» ou de la vue, du cœur ou des yeux « ?
L'Auteur qui fe décide en faveur du fentiment,
cite *l'exemple de Geoffroy Rudel.*

Guillaume de Balaun, noble Châtelain du
Pays de Montpellier, vivoit dans les bras de
Madame de Joriac, Dame du Château de Joriac dans le Gévaudan. Il entendit vanter les
charmes d'un raccommodement, & voulut voir
fi les plaifirs qui le fuivent l'emportent fur
ceux d'une première conquête. Sans autre motif il affecte de rompre avec fa Dame. Cette
Amante défolée lui fait offrir, par un Chevalier de fes amis, toutes les réparations poffibles ,
s'il peut, avec juftice, lui prouver qu'elle a
le moindre tort. . . . . Il déclare durement qu'il
ne peut pardonner. Madame de Joriac perd
toute efpérance, & s'efforce de l'oublier. Balaun cependant craint d'avoir pouffé les chofes
trop loin ; il fe rend à Joriac ; fon Amante

va le trouver la nuit ; se jette à ses genoux pour obtenir son pardon ; il la repousse & l'accable de reproches. Cet excès de cruauté la révolte ; elle rompt tout commerce avec lui, ne veut plus l'entendre : en vain se plaint-il dans ses chansons : elle ne les lit plus. Balaun désespéré, intéresse l'amitié de Bernard d'Anduse, Chevalier galant & loyal. Les démarches de ce dernier sont long-tems vaines : Madame de Joriac est inexorable. Elle pardonne enfin ; mais à condition que Balaun se fasse arracher l'ongle du petit doigt, & qu'il le lui envoie avec une chanson pleine de son repentir. Notre Amant, maudissant sa curiosité, se fait faire cette cruelle opération ; porte lui-même humblement son ongle & sa chanson. A l'aspect de son Amant à genoux & de son doigt ensanglanté, Madame de Joriac fond en larmes, le serre dans ses bras, panse elle-même sa blessure, sa chanson est écoutée avec transport. De ce moment ils s'aimèrent plus que jamais, & Balaun cessa ses essais en amour.

Guillaume de Cabestaing, Gentilhomme du Roussillon, aima, dans les premières années de sa jeunesse, Berangère de Baulx, fille de Bertrand de Baulx. Elle craignit de cesser d'être belle; employa, pour charmer son Amant, des philtres préparés par une vieille sorcière, dont l'effet pensa causer la mort à ce beau jeune homme. D'abord un rire convulsif s'en empara; un moment après ses yeux se fermèrent; la pâleur de la mort se répand sur son front; il tombe; un Médecin le rappelle à la vie.

Il quitte Marseille; se présente, en qualité de Varlet, chez Raimond de Castel Roussillon. Ce Seigneur le nomme Ecuyer de sa femme Madame Marguerite. Elle ne peut le voir sans l'aimer : bannissant une sotte pudeur qui calcule froidement, elle lui fait l'aveu de ses sentimens. Cabestaing se livre sans réserve à l'amour que, par respect, il lui cachoit. » Si » la foi, lui dit-il dans ses vers, me rendoit » aussi fidel à Dieu qu'à vous, j'irois tout droit » en Paradis «. Raimond soupçonne leur intrigue; ce monstre médite une vengeance; elle est atroce : il attire Cabestaing hors du Château, le poignarde, lui arrache le cœur, le fait préparer & servir à sa femme. Elle s'en nourrit sans aucun pressentiment... Infâme, s'écrie son barbare époux, tu manges le cœur de ton Amant. Il jette alors sa tête sanglante sur les genoux de Marguerite. Oui, lui dit-elle, j'ai trouvé ce mets si bon, que jamais je n'en goûterai d'autre. Raimond veut la poignarder ; elle fuit, se précipite d'un balcon, & se tue. Tous les Chevaliers du Pays se liguent contre Raimond. Alphonse, Roi d'Aragon, démolit son Château ; honora, par de pompeuses funérailles, la mémoire des deux Amants. On les plaça dans un même tombeau, dans une Eglise de Perpignan, & l'on y grava leur histoire. Le Duc de Bourgogne rendit les mêmes honneurs à la Châtelaine de Vergi & au Seigneur de Couci. Est-il concevable qu'un pareil trait ne soit pas unique dans l'histoire ?

Bertrand de Born, Vicomte de Hautefort, dans le Diocèse de Périgueux, fut un des Héros du douzième siècle. La passion des armes & de la gloire, la fierté jointe à la souplesse, la galanterie jointe au talent des vers, une imagination ardente, un esprit vif, beaucoup

d'activité

d'activité & de courage dans un rang diftingué, le mettoient en état de fe fignaler dans plu- fieurs carrières. » Que d'autres, dit - il dans » une chanfon, cherchent s'ils veulent à em- » bellir leurs Palais, à fe procurer les dou- » ceurs de la vie; pour moi, faire des provi- » fions de lances, d'épées & de chevaux, c'eft » ce que j'ambitionne «.

Deudes de Prades, ainfi nommé du lieu de fa naiffance en Rouergne, fut Chanoine de Maguelone. Il dit dans une chanfon : » Qui » fe connoît en Amour peut bien juger qu'un » beau femblant, qu'un doux foupir ne font » pas meffagers de refus ; mais celui-là veut » être refufé qui demande ce qu'il pofsède : » ainfi je confeille à tout Amant de faire fes » demandes en prenant «.

Peyrols d'Auvergne, Chevalier fans fortune du Château de Peyrols dans le Pays du Dau- phin d'Auvergne, dit dans un Poëme : » Sei- » gneur Dieu, fi vous m'en croyiez, vous » prendriez bien garde à qui vous donnez les » Empires, les Royaumes, les Châteaux & les » Tours ; car plus les hommes font puiffans,

I

» moins ils vous considèrent. J'ai vu l'Empe-
» reur faire un serment & se parjurer «. Les
donneurs d'avis à Dieu & ceux qui composoient
avec lui, comme avec un simple mortel,
étoient communs dans ces siècles ; ils l'ont été
dans tous les tems. Alphonse, Roi d'Aragon,
disoit souvent, si j'avois assisté à la création,
que d'excellens conseils j'aurois pu donner au
Père Eternel. Gros Jean trouve les citrouilles
& les glands mal placés. La Hire, prêt à
combattre, s'écrie ! Mon Dieu, faites pour
moi ce que vous voudriez que je fisse pour
vous en pareil cas. Un Lord, en se mettant
au jeu, se tournoit vers le Ciel & lui disoit
gravement : » J'ai besoin d'argent…. Je ne
» vous en dis pas davantage «. Nous rions de
ces traits saillans, & les plus subtils Métaphisi-
ciens nous en fournissent d'aussi grossiers dès
qu'ils raisonnent sur l'essence divine. Quand
cessera-t-on d'en parler ?

Gui ou Guigo, dans une Tenson, demande
lequel est préférable de deux Chevaliers également généreux & magnifiques ; l'un, deux fois
plus puissant que l'autre en terre, n'a point

[99]

recours au brigandage pour fournir à sa dé-
penfe ; l'autre exerce fa libéralité aux dépens
de ceux qu'il vexe & qu'il pille. Mainard juge
cette queftion, décide en faveur du dernier ;
il témoigne, dit-il, une plus forte inclination
à la générofité, en s'expofant à la colère de
Dieu, aux vengeances céleftes. Gui foutient le
contraire, & dit qu'un brigand généreux ne
mérite aucune eftime, parce que pour deux
perfonnes qu'il enrichit, il en aura peut-être
ruiné cent.

Mais s'il n'en a ruiné qu'un pour en enri-
chir dix, quel fera le jugement du Troubadour ?

Gui d'Uifel, dans une Tenfon, dit : » Un
» Amant eft loué de fon amour ; on fe moque
» de celui d'un mari pour fa femme «.

Guibert Amiels, Chevalier Gafcon, n'adreffa
pas fes vœux à des Princeffes. » J'aime mieux,
» dit-il, un beau petit oifeau que je tiens
» dans la main que deux ou trois grues, dont
» le vol fe perd dans les Cieux «. Il fut plus
heureux & moins célèbre.

Richard de Barbezieu déplut à fa Maitreffe,
Madame de Jouai ; elle ne lui pardonna qu'à

condition que cent Dames & cent Chevaliers ,
qui s'aimassent par amour , vinssent à genoux
& les mains jointes lui demander merci.

Guillaume de Montagnagout dit des Prêtres :
» A les entendre , ils ne veulent rien ; mais à
» les voir , ils prennent sans égard pour per-
» sonne «.

Guillaume de St-Didier aima d'amour, (non
en simple ami) Madame Adélaïde de Clauss-
tral , sœur du Dauphin d'Auvergne , femme
du Comte de Polignac. Elle ne l'accepta pour
Chevalier qu'à la prière de son mari. Leur
commerce amoureux dura long-tems. Hugues
Maréchal fut le seul Confident de cette intrigue.
St-Didier vanta trop , dans ses chansons , les
charmes de la belle Comtesse de Roussillon.
Madame de Polignac en conçut une forte jalousie. » Je jure , dit-elle à Hugues , de m'en
» venger à votre avantage «. Elle part ; arrive
au Château de St-Didier ; se couche dans le
lit de Guillaume , à l'avantage de Hugues Maréchal , trop généreux pour ne pas plaindre
son ami , trop compatissant pour ne pas se
prêter à la douce vengeance d'une femme

aimable. Cette aventure devint publique, Saint-Didier, en Amant délicat, quitta sa Maitresse sans bruit & sans se plaindre.

Pierre Cardinal dit dans une de ses Pièces : » Je promets un besan (monnoie d'or) à tout » homme loyal, pourvu que chaque homme » déloyal me donne un clou ; un marc d'or » à chaque homme vrai, si chaque menteur » veut seulement me donner un œuf... J'écri-» rois sur un parchemin, large comme la moitié » du pouce de mon gant, toutes les vertus » qui sont dans la plupart des hommes ; d'un » petit gâteau je nourrirois tout ce qu'il y a » d'honnêtes gens : mais si je voulois donner » à manger aux méchans, j'irois sans regarder, » criant partout : *Messieurs, venez manger chez* » *moi* «.

» Une pluie abondante tomba sur une Ville ; » tous ceux qui en furent mouillés devinrent » fous ; un seul homme n'en fut pas atteint : » le lendemain il passa pour fou ; fut battu & » chassé «. Tel est le monde.

Pierre Cardinal a fait une prière qu'il doit présenter à Dieu au jour du Jugement ; s'il

I 3

lui prend fantaisie de le damner, il lui dira,
» Vous avez grand tort de perdre ce que vous
» pouvez gagner, & de ne pas remplir votre
» Paradis autant qu'il pourroit l'être. Enfin,
» je ferai à Dieu, ajoute-t-il, une proposition
» fort honnête. Renvoyez-moi au lieu d'où
» vous m'avez tiré ; vous me damnez pour
» des péchés que je n'eusse pas commis si je
» n'avois pas été au monde ; & pour un plaisir
» que je me suis donné, vous me faites souf-
» frir mille maux «. En finissant, il prie la
Vierge d'obtenir qu'il ne soit pas obligé d'en
venir là avec son fils.

Savari de Mauleon fut un riche Baron du
Poitou ; brave & galant Chevalier, il aimoit
les belles, les assemblées, les tournois, les
divertissemens & les vers. Un manuscrit porte
qu'on feroit un gros livre du récit de ses belles
actions ; un autre l'appelle le maître des braves.
Il aima Guillemette de Benavias, femme de
Pierre Gavaret, Seigneur de Langon & de
St-Macaire, sans en rien obtenir. Cette Dame
parut se jouer de son amour ; on le lui fit
appercevoir. Honteux, il adresse ses chansons

A la Comtesse Mahaut de Montagnac, femme de Giraud de Mauchac, qui, moins cruelle ou plus tendre, prend un jour pour lui tout accorder. Madame de Benavias en est informée; elle donne un rendez-vous à Savari pour le même jour, pour la même heure, & lui promet tout ce qu'il peut desirer. » Sachez » vraiment, dit Hugues de St-Cyr, que moi » qui écris ceci fus le Messager qui portai les » lettres «. Savari embarrassé consulte le Prévôt de Limoges, vaillant homme & bon trouveur. —Ce dernier examine dans une Tenson quel est le rendez-vous que son ami doit préférer; il allègue diverses raisons pour l'une ou l'autre de ces Dames. On y trouve ces principes : » C'est une extrême folie de faire attendre » long-tems les faveurs qu'on promet..... » Jamais un don ne vaut autant qu'au mo- » ment où l'on desire de l'obtenir. On traite » de folie la chose du monde qui doit plaire » davantage ; je veux dire le changement en » amour & la circulation des amis & des amies » qui tourne au profit du commerce. «. Le Prévôt prend pour Juges les Dames Guillemette

de Banaguès , Marie Vantadour , & la Dame
de Montferrand . . ... Nous n'avons pas leurs
résultats.

Granet (il paroît qu'il étoit de Provence) :
dans une Tenſon il exhorte Bertrand , autre
Troubadour , à renoncer aux ſollicitudes d'un
amour malheureux , à travailler au ſalut de
ſon ame , en allant outre mer , où l'antechriſt
eſt ſur le point de détruire ceux qui s'effor-
cent de convertir les infidèles. Bertrand s'écrie
qu'il eſt fort aiſe des ſuccès de l'antechriſt ,
qu'il eſt prêt à croire en lui , tant il lui trouve
de pouvoir , dans l'eſpérance qu'il fléchiroit en
ſa faveur le cœur de ſa Maitreſſe. Granet lui
reproche l'indigne voie par laquelle il veut
parvenir à ſon but , & obſerve que ce bien
ſeroit payé trop cher par ſa damnation. Tout
eſt légitime pour ſauver ma vie , répond Bertrand ; je meurs pour la plus aimable des
femmes : ayant perdu l'eſprit , ſi je pèche en
me jettant entre les bras de l'antechriſt , Dieu
me le doit pardonner.

Folquet de Lunel ne nous eſt connu que
par ſes écrits. Il fut amoureux de la Vierge

Marie ; il la célèbre sous le nom de Gerson, vante la beauté de ses formes, place le sourire sur ses lèvres, trouve de la souplesse dans ses mouvemens ; ses expressions profânes sont pleines de chaleur, ses idées galantes, romanesques & voluptueuses démontrent qu'il éprouva souvent ces extases du Cloître, si rares chez les gens du monde.

Aimeri de Peguilain demande dans une Tenson si, dans la position qu'on prête à Robert d'Arbrissel auprès de ses Religieuses, il doit tenir le serment qui lui fait obtenir cette faveur ; il a juré de respecter sa Belle. » Je le » romprois, dit Elias son Interlocuteur, dus- » sai-je aller chercher des pardons en Syrie «.

Pierre Vidal ; un mélange bizarre d'esprit & d'absurdité, de sagesse & de folie, caractérise ce Troubadour, vrai Don Quichotte de son siècle. En Chypre on lui fait épouser une Grecque, dans la persuasion qu'elle est nièce de l'Empereur d'Orient, & qu'elle lui donne des droits à l'Empire. Il prend le titre d'Empereur, se revêt des marques de cette dignité, fait porter un Trône devant lui, accumule ses épargnes pour s'aider dans la conquête de l'Empire qu'il regarde comme ſon propre héritage. Amoureux d'une Dame de Carcaſſonne, nommée Loba (Louve), de Penautier »il ſe » faiſoit appeller Loup en ſon honneur, & il » s'engagea, ſelon l'Auteur de Breviari d'Amor, » à ſubir, ſous une peau de loup, l'épreuve » la plus dangereuſe. Des Bergers, avec des » levriers & des mâtins, le chaſsèrent dans » les Montagnes, le pourſuivirent & le trai- » tèrent ſi mal, qu'on le porta pour mort chez » ſa Maitreſſe ; car il n'avoit voulu être dé- » livré des chiens qu'après avoir bien eſſuyé » leurs morſures. La femme & le mari prirent » ſoin de ſa guériſon, non ſans rire de ſa » folie pitoyable «. —— Dans une pièce très-longue, il donne des conſeils à un Jongleur ; après l'avoir lue, on diroit volontiers comme le Troubadour Giorgi, qu'il y a de la folie à traiter de foû Pierre Vidal. (Le Taſſe nous offre le même contraſte ; que de ſageſſe, que de beautés ne trouve-t-on pas dans les écrits qu'il compoſa, même après l'égarement de ſa raiſon !) Vidal cite, comme Protecteurs des

Troubadours, comme Princes dont la Cour étoit brillante, en Lombardie, le preux Marquis de Montferrat, en Provence, le Seigneur de Blacas & Guillaume Le Bon, Seigneur de Baux. Il nomme encore le Comte Dauphin, Gaston de Foix, Pons d'Auvergne, Arnaud de Castelnau, le Comte de Châtillon, &c. — Dans une Nouvelle, qu'il compose à la Cour du Roi de Castille, il dit : » Comme » nous étions en marche, nous vîmes venir » à nous un beau Chevalier, grand & vigou- » reux, à qui tout le monde fit fête : son vi- » sage étoit hâlé du soleil ; mais il avoit l'air » du monde le plus gai, les yeux doux & » tendres, le nez bien fait, les dents plus » blanches que l'argent, la bouche fraîche & » riante, les épaules larges, les flancs quarrés, » &c. ; c'étoit l'Amour. Ce Dieu des Trouba- » dours, ne vaut-il pas le Myrmidon des Grecs ? » Il décrit une Dame qui marchoit à ses côtés, » mille fois plus belle encore. Après eux venoit » un Ecuyer suivi d'une Demoiselle ; l'Ecuyer » portoit un bel arc d'ivoire, avec trois dards » à sa ceinture, dont l'un étoit du meilleur

» ôr ; l'autre d'acier du Poitou bien luifant ;
» le troifième de plomb rouillé : la Demoifelle
» étoit couverte de fes cheveux, & nous ne
» pûmes aucunement la voir. La Dame de
» l'Amour eft nommée Mercy ; la Demoifelle
» de l'Ecuyer, Pudeur ; & l'Ecuyer, Loyauté,
» &c. «

Raimond Jordan, Vicomte de St-Antoni,
riche Bourg du Quercy, eut pour Maitreffe
la femme du Vicomte de Pena, l'un des principaux Barons de l'Albigeois. Ils goûtoient les
douceurs de l'union la plus tendre, quand
Raimond dans une bataille fut bleffé & paffa
pour mort… La Comteffe défefpérée fe jette
dans un Cloître… Raimond reffufcité devint
amoureux de Mabille de Riez, à la Cour du
Comte de Provence (Raimond, fils d'Alphonfe
II, Roi d'Aragon.) Il fervit dans une guerre
contre le Comte de Touloufe. Le bruit courut
encore qu'il avoit été tué, & Mabille Riez en
expira de douleur. Le Vicomte à fon retour,
inconfolable de la mort de fa Maitreffe, lui
érigea une Statue de marbre près du Monaftère
de Montmajor, dans lequel il fe fit Moine.

Le

Le Moine des Ifles d'or affure que dans la fuite cette Statue fut placée, fous un nom de Saint, dans l'Eglife de ce Monaftère. —— Le Moine de Montaudon, dans fa fatyre, lui reproche de s'être mal tiré de fa première entreprife de galanterie. Noftradamus dit de Raimond : » C'étoit un homme d'une belle figure, géné- » reux, vaillant en armes, faifant bien les » vers & l'amour «.

Barthelemy Giorgi & Boniface Calvo ; le premier étoit d'une famille qui a donné un doge à Venife en 1310 ; dans une Syrvente il déplore la mort de Conradin & du Duc Fré- déric, il ajoute : » Ceux qui jouiffent des joies » incorruptibles doivent avoir trois fois plus » de plaifir depuis qu'ils ont fi bonne compa- » gnie «. Calvo dit de fa Maitreffe : » Si Dieu » vouloit avoir une Dame, il auroit de quoi » fe fatisfaire dans celle-là «.

Guillaume de la Tour ; il enleva la femme d'un Barbier de Milan ; elle mourut à Cône ; il en perdit la raifon : pendant dix jours étendu fur fa tombe, il déchiroit le cœur par fes gémiffemens & fes cris douloureux. Le foir il

K

ouvroit fon cercueil, il baifoit les lèvres livides de fa Maitreffe, la conjuroit de lui dire fi elle étoit morte ou vivante; en cas qu'elle fût morte, de lui déclarer ce qu'elle fouffroit en purgatoire, lui jurant de faire tant d'aumônes, de faire dire tant de Meffes, qu'il la délivreroit en peu de tems. Les Habitans de Cofne le chafsèrent de leur Pays; errant de Ville en Ville, de Bourgade en Bourgade, confultant les Devins, il demandoit à tout le monde fi fa Maitreffe pouvoit revenir à la vie. Quelqu'un eut la barbarie de lui faire accroire qu'elle reffufciteroit infailliblement s'il récitoit chaque jour, pendant un an, tout le Pfeautier, cent cinquante *Pater* & *Ave*, s'il faifoit l'aumône à fept pauvres, & s'acquittoit de ces devoirs avant d'avoir bu, mangé ou parlé. Guillaume, ravi de cette découverte, exécuta ponctuellement toutes les conditions prefcrites; il s'apperçut enfin qu'on l'avoit trompé; il mourut de défefpoir.

Arnaud de Carcaffés; dans une Nouvelle ce Troubadour introduit un perroquet chargé de faluer une Dame de la part d'Antiphanon, fils d'un Roi. La Dame l'écoute dans un jardin ; vaincue par les raifons qu'il allègue, toutes favorables à l'adultère, elle cède, elle confent à recevoir la vifite fecrette du Maître d'un fi joli perroquet ; la difficulté de l'introduire les arrête un moment ; le perroquet ferviable imagine un expédient : » Avec du feu grégeois, dit-il, j'embrâferai votre Palais, pendant qu'on l'éteindra votre Amant ira vous trouver «. Tout s'exécute comme on l'avoit projetté ; la Dame enchantée s'écrie : » Voilà le plus *joli* tour qui ait été joué «.

Raimond de Miravals, Chevalier de Carcaffonne, confeille à un Jongleur d'aller trouver de fa part le Seigneur Raimond, Comte de Touloufe. » En cas qu'il vous demande ce que » vous avez fait, d'où vous venez, ne man- » quez pas de lui dire que vous avez été chez » Azalaïs, cette Dame aimable qui donne de » l'efprit aux fots, de la raifon aux fous, & » ôte l'un & l'autre à ceux qui en ont le plus. » —— Jongleur, dit-il plus bas, foyez égale- » ment pourvu de fageffe & de folie ; car trop » de fageffe nuit dans le monde «.

Arnaud Daniel eſt le plus célèbre des Troubadours. »Je fais dire des Meſſes, je fais brûler
» des cierges & des lampes pour me la rendre
» favorable, dit-il, en parlant de ſa Maitreſſe:
» —— plus bas, éloigné d’elle, j’ai cent choſes
» à lui dire ; quand je l’approche, je ne ſais
» par où commencer «. Pétrarque copie cette
penſée ; combien de fois n’a - t - elle pas été
répétée ; quel homme n’en a pas éprouvé la
vérité !

Guillaume Adhémar a fait une pièce ſem-
blable aux *j’ai vu* de Regnier : »J’ai vu, dit-il,
» des femmes qu’on recherchoit à force de ſou-
» miſſion & de complaiſances ; ſurvenoit un
» ſot qui n’avoit que des misères à dire, &
» cependant il avoit le meilleur lot «.

Beral des Baulx, Seigneur de Marſeille,
d’une des plus nobles & des plus anciennes
familles de Provence, reçut d’un Phyſicien
Catalan des livres arabes traduits en Eſpagnol :
ces livres traitoient de l’Aſtrologie. Il ſe pénétra
tellement des chimères de cette ſcience, qu’ap-
percevant une vieille qui cueilloit des herbes
avant le lever du ſoleil, il la prit pour une

forcière. Il voit en même-tems fur un tronc
de faule un corbeau qui croaffoit d'une manière lugubre & funefte ; cette réunion de
mauvais augures le force à rentrer dans fon
Palais ; il jure d'être deux jours fans en fortir.
Il étoit encore tout tremblant au milieu de fes
Courtifans, quand un corbeau vient fe percher
devant les fenêtres de fa falle ; fa voix fe fait
entendre ; le Comte tombe & meurt de frayeur.
Il étoit à la fleur de fon âge ; il avoit époufé
la fille du Roi des Hérules. —— Un fils né de
ce mariage lui fuccéda.

Hugues de Santègre, amoureux d'une Dame
de la Ville d'Arles, nommée Clermonde de
Quiquerau, mourut de chagrin de ne pouvoir
lui plaire, ou ceffer de l'aimer. Elle l'avoit
obligé d'adreffer à Béatrix de Savoie, Comteffe de Provence, les vers qu'il avoit faits
pour elle.

Guillaume Duranti, de Montpellier, con-
fulta les Aftrologues fur le fort de fa Maitreffe,
Dame de la Maifon de Balbes, qu'il aimoit
éperduement. On lui dit qu'elle étoit menacée

d'un grand malheur, mais dans une extrême vieilleſſe. Quelques années après cette prédiction, elle tombe malade ; on eſt ſur le point de l'enterrer. Durand, frappé de cette nouvelle comme d'un coup de foudre, tombe mort ; les deux convois ſe ſuivent ; on ſent du mouvement dans celui de la Dame de Balbes ; on l'ouvre ; elle revient à la vie.

Pierre de Châteauneuf revenant de chez le Seigneur de Roquemartin, fut dépouillé par des voleurs ; ils alloient l'égorger ; il les ſupplie d'entendre une chanſon qu'il compoſe ſur le champ en leur honneur. Touchés de ſes éloges & des ſons de ſa voix mélodieuſe, les voleurs lui rendirent ſon argent, ſon habit, & ſon cheval.

Giraud de Bourneuil, Gentilhomme de Limoges, né de Parens pauvres, fit par ſes vers une fortune conſidérable. St-Ceſari vante ſes mœurs & l'élévation de ſon génie. Pétrarque profita de ſes ouvrages. Recherché par tous les Princes de l'Europe, il ne proſtitua pas ſes talens à leurs Cours. Adoré des plus belles femmes de la Provençe, il ſut réſiſter à leurs avances,

Ne rien aimer toute ſa vie,

C'eſt paſſer des jours ennuyeux ;

Il faut aimer une Silvie ,

Il ne faut point en aimer deux.

Telles étoient en amour les idées de ce Poëte. Cette façon de penſer n'empêche pas Robert de Marberolles de s'écrier :

Mort eſt amors, mors ſont cils qui aimoient ;

Li faux Amans l'ont fait du tout faillir ,

Par leur barat & par leur tricherie ,

Par leur faux plaindre & par leur faux ſoupir.

Euſtache li Peintres, ſe plaint de ces femmes dangereuſes auxquelles une imagination vive & l'habitude de la coquetterie donnent un air de ſenſibilité qui contraſte avec leur froideur interne.

Dame, dit-il, où tout bien creſt & naît & éclaire ,

A qui biauté nulle autre ne ſe prend ;

. . . .

Bien font vos faits à vos dous ris contraire,

Cuer fans merci & femblant debonnaire ;

Ha Diex, pourquoi enfemble les confent.

Hues Piancelles fit le fabliau de Sire Haius & de Dame Avieufe fa femme : Avieufe veut porter les *chauffes*, être Maitreffe à la maifon ; le combat s'engage ; la femme tombe dans un tonneau la tête la première, les pieds en l'air ; dans cette pofture elle s'avoue vaincue. Ce Conte finit par ces vers :

Hues Piancelles qui trouva

Cil fabel, par raifon prouva

Que cil qui a femme rubefte

Eft garni de mauvaife befte.

Rutebeuf eft de tous les Poëtes, le plus célèbre parmi les Trouvers ; c'eft celui qui d'entr'eux paroît avoir le plus d'efprit & d'imagination. Son Conte intitulé *le Pet du Vilain*, quoiqu'il ne foit pas de bonne compagnie, mérite d'être cité. Il fait connoître quel fouverain mépris

On avoit pour les gens de la campagne dans les fiècles de la Chevalerie, & combien il a fallu d'efforts pour ramener les hommes au refpeⅭt qu'ils doivent à cette claſſe de Citoyens.

» Un vilain, malade d'une indigeſtion, eſt » à toute extrémité. Satan, felon fa coutume, » envoie faifir l'ame ; mais par dédain pour » un objet fi peu important, il n'emploie à » cette vile fonⅭtion que le plus fimple de fes » Satellites : celui-ci n'imaginant pas que l'ame » d'un vilain dût fortir par le même paſſage » que celle des autres, attache un fac à la » porte oppofée ; tout à coup, une crife heu- » reufe foulage le malade. Le fot député voyant » le fac fe remplir, le lie promptement, & » va le porter à fon Souverain ; mais Satan, » maudiſſant cette ame infeⅭte, jure de n'en » jamais recevoir qui ait habité corps de vilain.

» Or maintenant, ajoute Rutebeuf, malheu- » reux fur la terre, chaſſés du Ciel, rebutés » des enfers, je vous demande, Meſſieurs, » où iront ces infortunés ! . . . «.

Du vilain qui gagna Paradis en plaidant, par Rutebeuf. L'ame d'un vilain s'échappant

à la vigilance des Anges & des Démons, rencontra St-Michel & le fuivit jufqu'aux portes
du Paradis : tour-à-tour St-Pierre, St-Thomas
& St-Paul la repouffent. Cette ame irritée,
reproche au premier fon ingratitude ; au fecond fon incrédulité ; blâme le troifième de
fes premières perfécutions & de l'efprit brouillon
& militaire qu'il conferva toute fa vie. Dieu
paroît, appellé par cette difpute, ordonne à
l'ame du vilain de s'approcher. —— Elle entre
& s'écrie : » Vous avez dit dans l'Evangile,
» *il eft entré, qu'on l'y laiffe ;* vous n'êtes pas
» capable de manquer de parole. —— Tu as
» gagné, par ta plaidoirie, lui dit l'Eternel,
» ce que c'eft que d'avoir été à bonne école «.

Le teftament de l'âne, par Rutebeuf. Un Curé
fit enterrer, dans le Cimetière de fa Paroiffe,
un âne qui le fervoit depuis vingt ans. On
s'en plaignit ; le Curé, prêt d'être condamné
par fon Evêque, lui dit : » Mon âne a tra-
» vaillé pour vous toute la vie, Monfeigneur ;
» il vous laiffe vingt livres par fon teftament,
» dans l'efpérance que vos prières tireront fon
» ame de l'enfer. —— Que Dieu, répliqua

» l'Evêque, pardonne au défunt tous fes pé-
» chés , & qu'il lui accorde fon faint Paradis «.

» Vous voyez, ajoute Rutebeuf, qu'avec de
» l'argent cet âne fut déclaré Chrétien; il n'y
» a pas de mauvais pas dont une ceinture bien
» garnie ne puiffe tirer «.

De la Demoifelle qui vouloit voler, par
Rutebeuf. Cette fille fimple ne veut époufer
que celui qui lui fournira des aîles ; elle les
effaie & ne peut quitter la terre. Vous · ne
volerez pas fans queue, lui dit un Clerc ; elle
eut recours à lui. Au bout de quelques tems,
loin de pouvoir s'élever, elle avoit peine à
marcher.

Deux Bourgeois voyageoient avec un vilain ;
il ne leur reftoit qu'un petit pain pour toute
provifion ; ils réfolvent de le donner à celui
qui fera le meilleur rêve. Un des Bourgeois
s'élève au Ciel , l'autre defcend aux enfers :
je vous ai fouhaité bon voyage, dit le ma-
nant, & j'ai rêvé que je mangeois le pain.

Dieu donna les terres aux nobles, les dîmes
aux Clercs, & condamna les vilains au travail. Les Méneftriers & les Catins n'étoient

pas pourvûs ; Dieu chargea les Nobles & les Clercs de les nourrir : ces derniers seront sauvés ils entretiennent les Catins ; point de salut pour les Nobles qui délaissent les Ménestriers.

Une femme, pendant l'absence de son mari, fut fécondée par un flocon de neige ; quinze ans après cet enfant fut vendu à des Marchands Sarrasins par ce mari, qui soutint qu'un enfant de neige avoit dû se fondre au soleil.

De la femme qui veut éprouver son mari. Dans ce Conte une fille dit à sa mère : —— » Je » ne veux point choisir pour ami un Cheva- » lier ; il viendroit m'enlever mes joyaux pour » les mettre en gage, & aller encore après cela » publier partout ma foiblesse, & en rire «.

De la Dame qui fut corrigée. (Note.) Un mari pouvoit, dans les tems de notre Chevalerie, malgré les Cours d'Amour & le respect qu'on avoit pour les Dames, un mari pouvoit impunément, non-seulement battre sa femme, mais encore la blesser, pourvu que ce ne fût pas avec un fer émoulu, pourvu qu'il ne lui brisât aucun membre, & que les blessures ne passassent pas les bornes d'une correction. *Voyez* Ordonnanees des Rois de France, Titre XII.

Le Châtelain de Saint-Gilles. Sa fille devoit époufer un vilain fort riche, quoiqu'elle aimât le fils d'un Comte. Lorfqu'il fallut entrer chez fon mari, elle s'écria : » C'en eft donc fait ; » voici le lieu où je ne pourrai plus, aucun » jour de ma vie, me trouver feule fans pleurer «.

Le Sacriftain. Deux vilains s'accufent d'un meurtre ; ils font en champ clos prêt à fe battre. » Le bon de l'aventure c'eft qu'aucun des deux champions n'étoit coupable. Dieu, pour le coup, alloit fe trouver étrangement embar- raffé ; le Diable s'apprêtoit à bien rire , &c. «.

Du Pélerin qui s'origénifa pour l'amour de Saint-Jacques. Dans ce Conte , le Diable & Saint-Jacques fe difputent une ame. Ce der- nier en appelle à la Vierge ; le Diable dit de la mère de Dieu : » Dès le matin jufqu'au foir » elle n'eft occupée qu'à nous chercher de mau- » vaifes querelles pour nous enlever tout ce » qu'elle peut. Si on la laiffoit faire, il n'y » auroit pas une ame en enfer. Un homme » n'a qu'à faluer fon image, le voilà fauvé,

» j'ai beau journellement me plaindre à Dieu
» de toutes ces injustices , & lui représenter
» qu'il ne doit pas se laisser mener ainsi ; il
» n'entend pas raison quand il s'agit de sa mère ,
» & il la laisse Dame & Maitresse de son
» Paradis , sans demander seulement qui elle
» y fait entrer «.

Du Bourgeois qui aima une Dame. Rebuté
par une femme , le Bourgeois prie la Vierge
de lui être favorable ; l'image s'incline ; la
veuve voit ce geste & consent à tout.

La Cour de Paradis. Jésus y danse avec
sa mère. »Notre-Dame alors retroussa sa cotte :
» ils dansèrent ensemble , & chantèrent ensuite
» ces paroles :

Embrassez - vous de par amor ;

Embrassez - vous.

Il chante :

Que suis-je donc ? Regardez-moi ;

Ne me doit-on pas bien aimer ?

La Sacristine. Un Chapelain l'enlève ; après

dix ans de libertinage, elle revient à fon Cou-
vent. La Vierge, fenfible à fes anciens *Ave*,
avoit, fous fes traits, occupé fa place & fauvé
fa réputation.

De l'Hermite que le Diable enivra. Le Diable
le menace de l'étrangler s'il ne commet un de
ces crimes ; l'ivreffe, l'homicide ou l'adultère.
Il préfère l'ivreffe ; eft furpris avec une femme ;
& pour éviter la mort, il poignarde fon mari
qui le pourfuit.

De l'Hermite qui mit fon ame en plège. La
Vierge, pour obtenir la grace de cet Hermite,
eft obligée de rappeller ces mots à fon fils :
Honore ton père & ta mère. Jefus - Chrift ne
peut réfifter à ce précepte, il pardonne.

Les Troubadours empruntèrent leurs Contes
aux Arabes : Bocace, Bonaventure, Defper-
nières, Savonarole, La Fontaine, &c., ont
copié les Troubadours en les embelliffant. Si
cette affertion avoit befoin de preuves, les
cinq volumes de M. Le Grand en fourniroient
un grand nombre.

Il réfulte, du Précis que je viens de faire,
que le douzième, le treizième & le quator-

zième siècle furent guidés par une imagination ardente, que le goût & le bon sens ne modéroient pas ; delà les contrastes & les écarts que l'on y remarque ; delà cette bizarrerie qui présidoit à tout, aux Conseils des Princes, à l'Eglise, au Barreau ; l'influence de l'imagination est plus sensible chez les Troubadours, qu'on peut, pour ainsi-dire, regarder comme ses Ministres.

Tour-à-tour l'ambition, l'ignorance & l'esprit philosophique gouvernent le monde. Sous le règne de l'ambition, la guerre, la cruauté, la vengeance font couler des flots de sang ; sous celui de l'ignorance, l'homme croupit dans la fange de la superstition. L'esprit philosophique produit une incertitude, une nonchalance, une indifférence absolue. Quel est donc le bon tems ? Est-ce celui des Troubadours, de la Reine Berthe, du bon Evandre ou de Saturne ? Non : tous les siècles se ressemblent ; il est nécessaire qu'il existe toujours sur la terre un mélange égal de grêle & de rosée, de biens & de maux, de vices & de vertus.

F I N.